biblio Récit lycée

La Princesse de Montpensier

MADAME DE LAFAYETTE

Notes, questionnaires et dossier
par Véronique Brémond Bortoli,
agrégée de Lettres classiques,
professeur au CNED.

Crédits photographiques

Couverture : *La Princesse de Montpensier* de Bertrand Tavernier (2010), avec, de gauche à droite, Lambert Wilson (le comte François de Chabannes), Grégoire Leprince-Ringuet (Philippe, prince de Montpensier), Mélanie Thierry (Marie, princesse de Montpensier), Raphaël Personnaz (le duc Henri d'Anjou), Gaspard Ulliel (le duc Henri Ier de Guise), © StudioCanal / Collection Christophel / photographie d'Étienne George. **p. 4 :** © photo Photothèque Hachette. **p. 6 :** © Pathé Films / D.R. / Collection Christophel / photographie d'Étienne George. **p. 8 :** D.R. **p. 10 :** photographie d'Akexandre Georges, © photo Photothèque Hachette. **p. 12 :** photographie d'Hubert Josse, © photo Photothèque Hachette. **pp. 13, 15, 17 :** château de Blois, aile de Louis XII, © photo Photothèque Hachette. **pp. 14, 16, 25 :** © photo Photothèque Hachette.

Conception graphique
Couverture : Stéphanie Benoit
Intérieur : GRAPH'in-folio

Édition
Fabrice Pinel

Mise en pages
APS

ISBN : 978-2-01-394983-5

Sommaire

Mme de Lafayette
(1634-1693)

- Avec la nouvelle historique *La Princesse de Montpensier* puis le roman *La Princesse de Clèves*, Mme de Lafayette ouvre la voie du roman psychologique français.
- Elle est une des femmes de lettres les plus renommées de l'époque de Louis XIV, et son salon réunit les plus grands écrivains (Racine, Boileau, La Rochefoucauld...).

ŒUVRES-CLÉS

- ***La Princesse de Montpensier*** (1662), nouvelle basée sur des faits et des personnages historiques mais dont l'histoire est une pure invention romanesque.
- ***La Princesse de Clèves*** (1678), roman publié, comme la nouvelle précédente, sans nom d'auteur.
- ***Histoire de Madame Henriette d'Angleterre*** (1720, posthume), portrait de cette princesse au double sang royal (Stuart et Bourbon).
- ***Mémoires de la cour de France pour les années 1688 et 1689*** (1731), mémoires publiés à titre posthume.

Madame de Lafayette en 10 dates

1634 Naissance à Paris de Marie-Madeleine Pioche de La Vergne, dans une famille protégée par Richelieu.

1649 Décès de son père.

1650 Sa mère se remarie avec René-Renaud de Sévigné, oncle par alliance de la célèbre marquise. Marie-Madeleine devient la dame d'honneur de la reine Anne d'Autriche.

1655 **Épouse François de Lafayette et s'installe en Auvergne.**

1659 Donne naissance à Armand, premier de ses deux fils.

1660 Se réinstalle progressivement à Paris et ouvre son propre salon littéraire, rue de Vaugirard.

1662 **Publie, de façon anonyme, *La Princesse de Montpensier*, qui connaît un grand succès.**

1667 Noue une relation d'amitié durable avec l'écrivain français La Rochefoucauld.

1678 **Parution de *La Princesse de Clèves*.**

1693 Décès à Paris de Madame de Lafayette.

Bertrand Tavernier
(né en 1941)

- Réalisateur, scénariste et historien du cinéma, Bertrand Tavernier s'illustre dans tous les genres : films réalistes, noirs, historiques, de science-fiction, policiers, documentaires…

- Ce réalisateur « classique » fonde ses films sur une narration très construite, une mise en scène efficace, des personnages forts et émouvants, et une grande attention aux décors et costumes, en particulier dans les films historiques.

ŒUVRES-CLÉS

- ***L'Horloger de Saint-Paul*** (1974), d'après *L'Horloger d'Everton* de G. Simenon, Prix Louis-Delluc et Ours d'argent au Festival de Berlin.
- ***Que la fête commence*** (1975), film sur l'époque de la Régence.
- ***Un dimanche à la campagne*** (1984), film intimiste et impressionniste, prix de la mise en scène au Festival de Cannes.
- ***La vie et rien d'autre*** (1989), film évoquant les conséquences de la guerre de 14, prix spécial du jury du cinéma européen en 1990.
- ***Ça commence aujourd'hui*** (1999), fresque sociale autour d'un instituteur dans une ZEP de province.
- ***La Princesse de Montpensier*** (2010).

Bertrand Tavernier en 10 dates

1941 Naissance à Lyon, le 25 avril, d'un père résistant et écrivain.

1959 Publie sa première critique sur *Classe tous risques*, film du jeune réalisateur Claude Sautet.

1961 **Fait ses débuts au cinéma en tant qu'assistant de Jean-Pierre Melville sur le tournage du film *Léon Morin, prêtre*.**

1965 Épouse la Britannique Colo O'Hagan, qui écrira beaucoup de scénarios de ses films. Naissance de leur fils Nils.

1967 Naissance de leur fille Tiffany, future romancière et scénariste.

1974 **Sortie de son premier long-métrage en tant que réalisateur, *L'Horloger de Saint-Paul*, avec Philippe Noiret et Jean Rochefort.**

1976 Remporte le César du meilleur scénario pour *Le Juge et l'Assassin* avec Michel Galabru (César du meilleur acteur).

1992 Sortie de *La Guerre sans nom*, documentaire sur les appelés de la guerre d'Algérie, et de *L.627*, fiction évoquant le quotidien de la brigade des stupéfiants de Paris.

2010 **Sortie de *La Princesse de Montpensier*, avec Mélanie Thierry (la princesse de Montpensier), Grégoire Leprince-Ringuet (le prince de Montpensier), Gaspard Ulliel (le duc de Guise), Raphaël Personnaz (le duc d'Anjou), Lambert Wilson (Chabannes).**

2016 Sortie du documentaire *Voyage à travers le cinéma français* commentant une sélection de films.

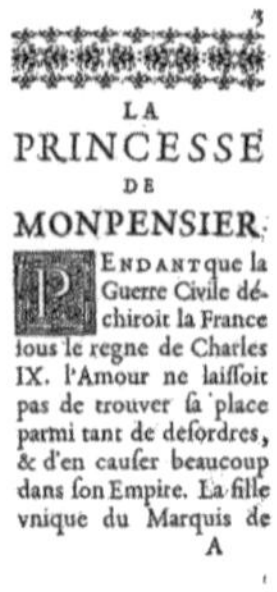
3

LA
PRINCESSE
DE
MONPENSIER.

PENDANT que la Guerre Civile déchiroit la France ſous le regne de Charles IX. l'Amour ne laiſſoit pas de trouver ſa place parmi tant de deſordres, & d'en cauſer beaucoup dans ſon Empire. La fille vnique du Marquis de

A

La Princesse de Montpensier

Date de publication : août 1662

Genre : nouvelle historique

Registres dominants : dramatique et tragique

Mouvement littéraire : classicisme

Fac-similé de la première page de l'édition originale.

PRÉSENTATION

En 1662 paraît, sans nom d'auteur, *La Princesse de Montpensier*, une courte nouvelle qui, par la sobriété de son écriture et l'efficacité du récit, renouvelle les codes du genre narratif.

THÈMES TRAITÉS

Les ravages de la passion

La passion amoureuse constitue la thématique essentielle des œuvres de Madame de Lafayette qui, profondément marquée par le jansénisme, en montre la force dévastatrice. Dans sa nouvelle, la passion détruit les personnages ; sentiment subi et incontrôlable, elle amène les êtres à se perdre moralement malgré eux et à renier leurs propres valeurs. La passion agit donc comme une fatalité tragique qui broie les personnages dans son piège.

Une société cruelle

Sous les dehors fastueux de la cour des Valois, c'est un monde cruel que peint Mme de Lafayette : les combats sanglants des guerres de Religion en toile de fond se retrouvent dans le microcosme de la Cour. Les rivalités entre les clans et les grandes familles y sont féroces, se jouant sur des politiques matrimoniales où les sentiments de l'individu sont bafoués. Politique et amour, mêlés à la dissimulation et au mensonge, conduisent à des jalousies terribles pouvant aller jusqu'au meurtre (ce sera le cas, plus tard, entre Guise et Anjou). La volonté de puissance s'y révèle démesurée, ne laissant aucune chance aux êtres plus faibles que sont les femmes dans cette société ou aux personnages justes et sincères comme le comte de Chabannes.

POUR COMPRENDRE L'ŒUVRE

Un nouveau genre littéraire

Mme de Lafayette participe à la naissance d'un nouveau genre littéraire : la nouvelle historique, qui s'ancre dans un contexte temporel précis, mêlant héros réels (Bourbon, Guise…) et héros fictifs (Chabannes). Genre de la concision, la nouvelle s'attache à la vraisemblance historique et psychologique et rejette les excès et l'idéalisme des romans baroques et précieux qui l'ont précédée. Elle inaugure aussi la tradition française du roman d'analyse, plus attaché à décrire les méandres du cœur que des aventures héroïques.

Une œuvre de moraliste

Mme de Lafayette rejoint beaucoup de ses contemporains (La Fontaine, La Bruyère...) pour qui l'œuvre littéraire doit à la fois plaire et instruire. Ainsi, les « moralistes » tentent d'analyser les constantes de la nature humaine pour présenter au lecteur une sorte de miroir. Dans sa nouvelle, l'auteur expose une vision sans complaisance de l'homme, mené par l'amour-propre et l'intérêt, soumis à la passion et à l'inconstance de ses sentiments, toujours prêt à se tromper lui-même, malgré son aspiration à la vertu et à la sincérité.

LES CRITIQUES

« C'est un petit chef-d'œuvre. Il a réussi admirablement, et on le lira toujours avec plaisir parce qu'une grande partie des faiblesses du cœur y sont excellemment ménagées. »

Abbé de Villars, *De la délicatesse*, 1671.

« Nous pouvons trouver que l'histoire dans La Princesse de Montpensier *demeure trop terne et trop sèche : la brièveté du récit élimine tout pittoresque. »*

Alain Niderst, *Romans et Nouvelles de Madame de Lafayette*, Classiques Garnier, 1970.

La Princesse de Montpensier

Date de sortie : 3 novembre 2010

Durée : 139 minutes

Genre : film historique

Scénario : Jean Cosmos, d'après un projet de François-Olivier Rousseau, fondé sur la nouvelle de Madame de Lafayette.

Décors : Guy-Claude François

Château du Plessis-Bourré.

PRÉSENTATION

La Princesse de Montpensier est, en date, le dernier film « d'époque » de Bertrand Tavernier. S'inspirant de la nouvelle, le cinéaste en propose une « *lecture* », comme il le dit lui-même, pour en faire ressortir la modernité.

THÈMES TRAITÉS

Une époque de violence

B. Tavernier choisit de montrer à l'écran le climat violent du XVIe siècle qui est seulement suggéré dans la nouvelle. Les sentiments des tout jeunes héros, soumis à une terrible pression sociale, s'extériorisent par une violence spontanée : menaces, coups, duels. Mais, surtout, le cinéaste expose crûment la contrainte exercée sur les individus par les lois de leur caste et masquée dans le texte par la règle de la bienséance : violence du père de Marie, brutalité de la nuit de noces ou agressivité du mari estimant son honneur bafoué.

L'aspiration à la liberté

Face à toutes ces formes de coercition morale ou sociale, B. Tavernier choisit de mettre en lumière deux personnages revendiquant leur liberté : le comte de Chabannes devient, dans le film, un personnage central, humaniste cultivant le savoir et l'ouverture d'esprit contre l'ignorance et le fanatisme idéologique. Le cinéaste fait de Marie de Montpensier une jeune femme plus rebelle que dans la nouvelle. Victime du désir des hommes, déchirée entre la morale et sa passion amoureuse, elle veut assumer ses choix et sa liberté jusqu'au bout et prend ainsi une dimension « féministe » avant l'heure.

POUR COMPRENDRE L'ŒUVRE

Une « *lecture* » de Madame de Lafayette

B. Tavernier préfère le terme de *lecture* à celui d'*adaptation* pour qualifier son travail : il a lu attentivement la nouvelle pour aller au-delà des « filtres » imposés par le classicisme et ainsi mettre à nu la vérité des émotions. C'est pourquoi il décide de modifier profondément la fin et donc l'enjeu de la nouvelle, pour mettre en lumière sa perspective très actuelle, celle du droit d'une jeune femme à disposer de son destin.

« *Capter l'âme* » d'une époque

B. Tavernier ne veut pas faire un « film d'histoire », mais montrer de la réalité historique la vision parcellaire qu'en ont les personnages qui la vivent. Le spectateur doit entrer dans la réalité et l'imaginaire du XVIe siècle, se sentir proche des personnages et comprendre leurs codes, leurs habitudes, leurs plaisirs... D'où l'extrême attention portée aux décors et aux détails du quotidien (éclairages, nourriture, cuisines...) et la volonté que les acteurs « habitent » costumes et décors et fassent vivre la langue pure et châtiée, ni moderne ni faussement archaïque, inventée par le dialoguiste Jean Cosmos.

LES CRITIQUES

« *C'est bel et bien un film d'amour qu'a réalisé Bertrand Tavernier, attentif aux passions brimées dont souffrent ses personnages.* [...] *Verve, mobilité de caméra, souci permanent de marier les truculences à des émotions discrètes lui font trouver une authenticité mêlée de modernisme.* »

Jean-Luc Douin, *Le Monde*, 17 mai 2010.

« *On regrette pourtant que Tavernier, qui n'a quand même plus rien à prouver en matière de savoir-faire, se contente d'une grammaire cinématographique et sentimentale aussi scolaire.* »

Jean-Luc Lacuve, 9 novembre 2010 (www.cineclubdecaen).

Portrait en pied de Charles IX, roi de France,
d'après Jean Clouet (musée Condé, Chantilly).

MADAME DE LAFAYETTE

La Princesse de Montpensier

Château de Champigny-sur-Veude.

Le libraire[1] au lecteur

Le respect que l'on doit à l'illustre nom qui est à la tête de ce livre et la considération que l'on doit avoir pour les éminentes personnes qui sont descendues de ceux qui l'ont porté[2] *m'oblige de dire, pour ne pas manquer*[3] *envers les uns ni les autres en donnant cette histoire au public, qu'elle n'a été tirée d'aucun manuscrit qui nous soit demeuré du temps des personnes dont elle parle. L'auteur ayant voulu, pour son divertissement, écrire des aventures inventées à plaisir a jugé plus à propos de prendre des noms connus dans nos histoires que de se servir de ceux que l'on trouve dans les romans, croyant bien que la réputation de Madame de Montpensier ne serait pas blessée par un récit effectivement fabuleux. S'il n'est pas de ce sentiment, j'y supplée par cet Avertissement qui sera aussi avantageux à l'auteur que respectueux pour moi envers les morts qui y sont intéressés*[4] *et envers les vivants qui pourraient y prendre part.*

Notes

1. **libraire** : éditeur. Cet avertissement n'éxiste que dans les versions imprimées.
2. Allusion à Mlle de Montpensier, arrière-petite-fille de l'héroïne et cousine de Louis XIV.
3. **manquer** : manquer de respect.
4. **intéressés** : concernés.

Henri Ier de Lorraine, duc de Guise, dit « Le Balafré ».

La Princesse de Montpensier

Pendant que la guerre civile[1] déchirait la France sous le règne de Charles IX[2], l'amour ne laissait pas[3] de trouver sa place parmi tant de désordres et d'en causer beaucoup dans son empire. La fille unique du marquis de Mézières[4], héritière très considérable et par ses grands biens et par l'illustre maison d'Anjou dont elle était descendue, était comme accordée[5] au duc du

Notes

1. Il s'agit des guerres de Religion qui ont opposé protestants et catholiques de 1562 à 1598 (jusqu'à l'édit de Nantes qui donna des droits aux protestants en France). La France a connu 8 de ces guerres successives, entrecoupées de périodes de paix.
2. Charles IX (1550-1574) est le troisième fils d'Henri II et Catherine de Médicis. Il a régné de 1560 à sa mort ; c'est sous son règne qu'a eu lieu le massacre de la Saint-Barthélemy, le 24 août 1572.
3. **ne laissait pas** : ne manquait pas.
4. Renée d'Anjou (1550-entre 1586 et 1597), fille du marquis de Mézières, épouse François de Bourbon, duc de Montpensier, en 1566, dont elle a un fils sept ans plus tard. Cette duchesse de Montpensier, qui a inspiré le personnage de la princesse, est l'arrière-grand-mère d'Anne-Louise d'Orléans, petite-fille du roi Henri IV et cousine germaine de Louis XIV, surnommée « la Grande Mademoiselle ».
5. **accordée** : fiancée.

Maine[1], cadet du duc de Guise[2] que l'on a appelé depuis le Balafré. Ils étaient tous deux dans une extrême jeunesse et le duc de Guise, voyant souvent cette prétendue belle-sœur, en qui paraissaient déjà les commencements d'une grande beauté, en devint amoureux et en fut aimé.

Ils cachèrent leur intelligence[3] avec beaucoup de soin, et le duc de Guise, qui n'avait pas encore autant d'ambition qu'il en eut depuis, souhaitait ardemment de l'épouser, mais la crainte du cardinal de Lorraine[4] son oncle, qui lui tenait lieu de père, l'empêchait de se déclarer.

Les choses étaient en cet état lorsque la maison de Bourbon[5] qui ne pouvait voir qu'avec envie l'élévation de celle de Guise, s'apercevant de l'avantage qu'elle recevrait de ce mariage, se résolut de le lui ôter et de se le procurer à elle-même, en faisant épouser cette grande héritière au jeune prince de Montpensier[6] que l'on appelait quelquefois le prince dauphin.

L'on travailla à cette affaire avec tant de succès que les parents, contre les paroles qu'ils avaient données au cardinal de Guise[7], se résolurent de donner leur nièce au prince de

Notes

1. Charles de Lorraine (1554-1611), deuxième fils de François de Lorraine, duc de Guise. Il est généralement appelé « duc de Mayenne », ce qui est le cas dans le film de Bertrand Tavernier.
2. Henri de Lorraine (1550-1588), frère aîné de Charles, duc de Guise en 1563. Son surnom de « Balafré » (aussi donné à François de Lorraine, son père) lui vient d'une blessure reçue à la bataille de Dormans en 1575. Ardent défenseur de la cause catholique, il participe au massacre de la Saint-Barthélemy. Il meurt assassiné sur l'ordre du roi Henri III, qu'il voulait renverser.
3. **intelligence** : accord, union de sentiment.
4. Charles de Lorraine (1524-1574), oncle d'Henri de Guise, lui servit de père après l'assassinat de son frère François de Guise par un protestant à Orléans en 1563.
5. **maison de Bourbon** : branche de la dynastie royale qui régna en France et en Espagne. Henri IV fera remonter les Bourbons sur le trône de France, après la période des Valois.
6. François de Bourbon (1542-1592), duc de Montpensier en 1582, possédait le titre de « prince dauphin d'Auvergne ».
7. **cardinal de Guise** : Louis de Lorraine (1527-1578), autre oncle d'Henri de Guise.

Montpensier. Ce procédé surprit extrêmement toute la maison de Guise, mais le duc en fut accablé de douleur, et l'intérêt de son amour lui fit voir ce manquement comme un affront insupportable.

Son ressentiment éclata bientôt malgré les réprimandes du cardinal de Guise et du duc d'Aumale, ses oncles, qui ne voulaient pas s'opiniâtrer à[1] une chose qu'ils voyaient ne pouvoir empêcher. Il s'emporta avec tant de violence, même en présence du jeune prince de Montpensier, qu'il en naquit entre eux une haine qui ne finit qu'avec leur vie.

Mademoiselle de Mézières, tourmentée par ses parents, voyant qu'elle ne pouvait épouser Monsieur de Guise et connaissant par sa vertu qu'il était dangereux d'avoir pour beau-frère un homme qu'elle souhaitait pour mari, se résolut enfin d'obéir à ses parents et conjura Monsieur de Guise de ne plus apporter d'empêchements et opposition à son mariage. Elle épousa donc le jeune prince de Montpensier qui, peu de temps après, l'emmena à Champigny[2] (séjour ordinaire des princes de sa maison), pour l'ôter de Paris, où apparemment tout l'effort de la guerre allait tomber.

Cette grande ville était menacée d'un siège par l'armée des Huguenots[3], dont le prince de Condé[4] était le chef, et qui venait de prendre les armes contre le roi pour la seconde fois.

Notes

1. **s'opiniâtrer à** : s'obstiner pour.
2. Champigny-sur-Veude, près de Chinon (Val de Loire).
3. **Huguenots** : sobriquet donné aux protestants par les catholiques ; ce terme vient de l'allemand *Eidgenossen*, qui désignait, au départ, les confédérés genevois réclamant leur indépendance par rapport au duc de Savoie. Le protestantisme s'est implanté à Genève dans les années 1530.
4. **le prince de Condé** : Louis Ier de Bourbon (1530-1569), adversaire des Guise, avait pris la tête de l'armée des protestants en 1562. Il récidive en septembre 1567 et tente de s'emparer du jeune Charles IX à Meaux, puis fait le siège de Paris.

Le prince de Montpensier, dans sa plus grande jeunesse, avait fait une amitié très particulière[1] avec le comte de Chabannes[2] et ce comte, quoique d'un âge beaucoup plus avancé, avait été si sensible à l'estime et à la confiance de ce prince que, contre tous ses propres intérêts, il abandonna le parti des Huguenots, ne pouvant se résoudre à être opposé en quelque chose à un homme qui lui était si cher.

Ce changement de parti n'ayant point d'autre raison que celle de l'amitié, l'on douta qu'il fût véritable et la reine mère Catherine de Médicis[3] en eut de si grands soupçons que, la guerre étant déclarée par les Huguenots, elle eut dessein de le faire arrêter.

Mais le prince de Montpensier l'empêcha, en lui répondant de la personne du comte de Chabannes, qu'il emmena à Champigny en s'y en allant avec sa femme. Ce comte, étant d'un esprit fort sage et fort doux, gagna bientôt l'estime de la princesse de Montpensier et, en peu de temps, elle n'eut pas moins d'amitié pour lui qu'en avait le prince son mari. Chabannes, de son côté, regardait avec admiration tant de beauté, d'esprit et de vertu qui paraissaient en cette jeune princesse et, se servant de l'amitié qu'elle lui témoignait pour lui inspirer des sentiments d'une vertu extraordinaire et dignes de la grandeur de sa naissance, il la rendit en peu de temps une des personnes du monde la plus achevée[4].

Le prince étant revenu à la Cour, où la continuation de la guerre l'appelait, le comte demeura seul avec la princesse et

Notes

1. **particulière** : forte.
2. Le comte de Chabannes est un personnage inventé par Mme de Lafayette, mais ce nom était porté par une grande famille du Limousin, qui faisait même partie des ancêtres de Renée d'Anjou.
3. Catherine de Médicis (1519-1589), mariée en 1533 au futur Henri II, est la mère de Charles IX et du duc d'Anjou, futur Henri III.
4. **achevée** : accomplie, parfaite.

continua d'avoir pour elle un respect et une amitié proportionnée à sa qualité et à son mérite.

La confiance s'augmenta de part et d'autre, et à tel point du côté de la princesse de Montpensier qu'elle lui apprit l'inclination[1] qu'elle avait eue pour Monsieur de Guise, mais elle lui apprit aussi en même temps qu'elle était presque éteinte et qu'il ne lui en restait que ce qu'il était nécessaire pour défendre l'entrée de son cœur à tout autre, et que, la vertu se joignant à ce reste d'impression, elle n'était capable que d'avoir du mépris pour tous ceux qui oseraient lever les yeux jusqu'à elle.

Le comte de Chabannes, qui connaissait la sincérité de cette belle princesse et qui lui voyait d'ailleurs des dispositions si opposées à la faiblesse de la galanterie[2], ne douta point qu'elle ne lui dît la vérité de ses sentiments; et néanmoins, il ne put se défendre de tant de charmes qu'il voyait tous les jours de si près. Il devint passionnément amoureux de cette princesse et, quelque honte qu'il trouvât à se laisser surmonter[3], il fallut céder et l'aimer de la plus violente et de la plus sincère passion qui fut jamais. S'il ne fut pas maître de son cœur, il le fut de ses actions. Le changement de son âme n'en apporta point dans sa conduite et personne ne soupçonna son amour. Il prit un soin exact pendant une année entière de le cacher à la princesse, et il crut qu'il aurait toujours le même désir de le lui cacher. L'amour fit en lui ce qu'il fait en tous les autres : il lui donna l'envie de parler et, après tous les combats qui ont accoutumé de se faire en pareilles occasions, il osa lui dire qu'il l'aimait, s'étant bien préparé à essuyer les orages dont la fierté de cette princesse le menaçait. Mais il trouva en elle une tranquillité et une froideur pires mille fois que toutes les rigueurs à quoi il s'était attendu. Elle ne prit pas la peine de se mettre en colère.

Notes

1. **l'inclination** : le sentiment amoureux.
2. **galanterie** : ici, péjorativement, liaison amoureuse.
3. **surmonter** : dominer par ses sentiments.

Elle lui représenta[1] en peu de mots la différence de leurs qualités[2] et de leur âge, la connaissance particulière qu'il avait de sa vertu et de l'inclination qu'elle avait eue pour Monsieur de Guise, et surtout ce qu'il devait à l'amitié et à la confiance du prince son mari.

Le comte de Chabannes pensa mourir à ses pieds de honte et de douleur. Elle tâcha de le consoler en l'assurant qu'elle ne se souviendrait jamais de ce qu'il lui venait de dire, qu'elle ne se persuaderait[3] jamais une chose qui lui était si désavantageuse et qu'elle ne le regarderait jamais que comme son meilleur ami.

Ces assurances consolèrent le comte comme on se le peut imaginer. Il sentit les mépris des paroles de la princesse dans toute leur étendue et, le lendemain, la revoyant avec un visage aussi ouvert que de coutume, sans que sa présence la troublât ni la fît rougir, son affliction en redoubla de la moitié et le procédé[4] de la princesse ne la diminua pas. Elle vécut avec lui avec la même bonté qu'elle avait accoutumé. Elle lui reparla, quand l'occasion en fit naître le discours, de l'inclination qu'elle avait eue pour Monsieur de Guise et, la renommée commençant alors à publier les grandes qualités qui paraissaient en ce prince, elle lui avoua qu'elle en sentait de la joie et qu'elle était bien aise de voir qu'il méritait les sentiments qu'elle avait eus pour lui.

Toutes ces marques de confiance qui avaient été si chères au comte de Chabannes lui devinrent insupportables. Il ne l'osait pourtant témoigner, quoiqu'il osât bien la faire souvenir quelquefois de ce qu'il avait eu la hardiesse de lui dire.

Notes

1. **représenta** : fit comprendre.
2. **qualités** : rang social.
3. Au XVIIe siècle, le verbe *se persuader* peut s'employer avec un COD, sans la préposition *de*.
4. **procédé** : attitude, manière d'être.

Après deux années d'absence, la paix étant faite[1], le prince de Montpensier revint trouver la princesse sa femme tout couvert de la gloire qu'il avait acquise au siège de Paris et à la bataille de Saint-Denis[2]. Il fut surpris de voir la beauté de cette princesse dans une si grande perfection et, par le sentiment d'une jalousie qui lui était naturelle, il en eut quelque chagrin[3], prévoyant bien qu'il ne serait pas seul à la trouver belle. Il eut beaucoup de joie de revoir le comte de Chabannes pour qui son amitié n'avait point diminué et lui demanda confidemment[4] des nouvelles de l'humeur et de l'esprit de sa femme, qui lui était quasi une personne inconnue par le peu de temps qu'il avait demeuré avec elle.

Le comte, avec une sincérité aussi exacte que s'il n'eût point été amoureux, dit au prince tout ce qu'il connaissait en cette princesse capable de la lui faire aimer, et avertit aussi Madame de Montpensier de toutes les choses qu'elle devait faire pour achever de gagner le cœur et l'estime de son mari. Enfin la passion du comte de Chabannes le portait si naturellement à ne songer qu'à ce qui pouvait augmenter le bonheur et la gloire de cette princesse qu'il oubliait sans peine les intérêts qu'ont les amants à empêcher que les personnes qu'ils aiment ne soient dans une si parfaite intelligence avec leurs maris.

La paix ne fit que paraître[5]. La guerre recommença aussitôt par le dessein qu'eut le roi de faire arrêter à Noyers le prince

Notes

1. La paix de Longjumeau, signée le 23 mars 1568, met fin à la deuxième guerre de Religion.
2. En novembre 1567, alors que Paris est assiégé par les troupes protestantes de Condé et Coligny, l'armée royale tente de les déloger à Saint-Denis. L'issue de la bataille est incertaine, et les deux camps, manquant d'argent, engagent des pourparlers de paix.
3. **chagrin** : vive contrariété.
4. **confidemment** : en confidence.
5. **ne fit que paraître** : fut de courte durée.

de Condé et l'amiral de Châtillon[1], où ils s'étaient retirés, et, ce dessein ayant été découvert, l'on commença de nouveau les préparatifs de la guerre, et le prince de Montpensier fut contraint de quitter sa femme pour se rendre où son devoir l'appelait.

Chabannes le suivit à la Cour, s'étant entièrement justifié auprès de la reine, à qui il ne resta aucun soupçon de sa fidélité. Ce ne fut pas sans une douleur extrême qu'il quitta la princesse, qui de son côté demeura fort triste des périls où la guerre allait exposer son mari. Les chefs des Huguenots s'étant retirés à La Rochelle[2], le Poitou et la Saintonge étant de leur parti, la guerre s'y alluma fortement et le roi y rassembla toutes ses troupes.

Le duc d'Anjou[3] son frère, qui fut depuis Henri III, y acquit beaucoup de gloire par plusieurs belles actions et entre autres par la bataille de Jarnac[4] où le prince de Condé fut tué. Ce fut dans cette guerre que le duc de Guise commença à avoir des emplois fort considérables et à faire connaître qu'il passait[5] de beaucoup les grandes espérances qu'on avait conçues de lui.

Notes

1. Gaspard de Coligny, seigneur de Châtillon (1519-1572), amiral de France, se convertit au protestantisme en 1560 mais reste partisan de la conciliation entre les deux partis. Il est particulièrement haï des Guise, car on l'accuse d'avoir commandité l'assassinat du duc de Guise, père d'Henri le Balafré, en 1563. Il fut l'une des premières victimes de la Saint-Barthélemy.

2. La Rochelle est un des plus grands foyers du protestantisme. Condé et Coligny s'y réfugient après que les catholiques ont tenté de les capturer (l'un à Noyers et l'autre à Tanlay) : c'est le début de la troisième guerre de Religion (1568-1570) qui se déroule au sud-ouest de la Loire.

3. Le duc d'Anjou (1551-1589) est le quatrième fils d'Henri II et Catherine de Médicis. Il devient roi de France en 1574, sous le nom d'« Henri III ». Il fait assassiner le duc de Guise en 1588. Lui-même mourra assassiné par un fanatique catholique.

4. La bataille de Jarnac eut lieu le 13 mars 1569 : le duc d'Anjou s'y illustra en tant que lieutenant général du royaume ; le prince de Condé y fut assassiné alors qu'il s'apprêtait à se rendre.

5. **passait** : surpassait.

Henri III de Valois, qui succéda à Charles IX en 1574.

Le prince de Montpensier, qui le haïssait et comme son ennemi particulier[1] et comme celui de sa maison, ne voyait qu'avec peine la gloire de ce duc, aussi bien que l'amitié que lui témoignait le duc d'Anjou. Après que les deux armées se furent fatiguées par beaucoup de petits combats, d'un commun consentement on licencia[2] les troupes pour quelque temps et le duc d'Anjou demeura à Loches[3] pour donner ordre[4] à toutes les places qui eussent pu être attaquées.

Le duc de Guise y demeura avec lui, et le prince de Montpensier, accompagné du comte de Chabannes, s'en alla à Champigny, qui n'était pas fort éloigné de là. Le duc d'Anjou allait souvent visiter les places qu'il faisait fortifier. Un jour qu'il revenait à Loches par un chemin peu connu de ceux de sa suite, le duc de Guise, qui se vantait de le savoir, se mit à la tête de la troupe pour lui servir de guide ; mais, après avoir marché quelque temps, il s'égara et se trouva sur le bord d'une petite rivière qu'il ne reconnut pas lui-même. Toute la troupe fit la guerre[5] au duc de Guise de les avoir si mal conduits, et, étant arrêtés en ce lieu, aussi disposés à la joie qu'ont accoutumé de l'être de jeunes princes, ils aperçurent un petit bateau qui était arrêté au milieu de la rivière, et, comme elle n'était pas large, ils distinguèrent aisément dans ce bateau trois ou quatre femmes, et une entre autres qui leur parut fort belle, habillée magnifiquement, et qui regardait avec attention deux hommes qui pêchaient auprès d'elle. Cette aventure[6] donna une nouvelle joie à ces jeunes princes et à tous ceux de leur suite : elle leur parut une chose de roman[7]. Les uns disaient au duc de Guise qu'il les avait égarés exprès pour leur faire

Notes

1. **particulier** : personnel.
2. **licencia** : renvoya chez elles.
3. **Loches** : ville fortifiée d'Indre-et-Loire, distante d'une cinquantaine de kilomètres de Champigny-sur-Veude.
4. **donner ordre** : organiser.
5. **fit la guerre** : fit des reproches.
6. **aventure** : événement qui arrive de façon imprévisible.
7. **une chose de roman** : un fait extraordinaire, tel qu'on en lit dans les romans.

voir cette belle personne, les autres qu'après ce qu'avait fait le hasard, il fallait qu'il en devînt amoureux et le duc d'Anjou soutenait que c'était lui qui devait être son amant. Enfin, voulant pousser l'aventure au bout[1], ils firent avancer de leurs gens[2] à cheval le plus avant qu'il se pût dans la rivière, pour crier à cette dame que c'était Monsieur le duc d'Anjou qui eût bien voulu passer de l'autre côté de l'eau et qui priait qu'on le vînt prendre. Cette dame, qui était Madame de Montpensier, entendant nommer le duc d'Anjou et ne doutant pas à la quantité de gens qu'elle voyait au bord de l'eau que ce ne fût lui, fit avancer son bateau pour aller du côté où il était. Sa bonne mine[3] le lui fit bientôt distinguer des autres quoiqu'elle ne l'eût quasi jamais vu, mais elle distingua encore plus tôt le duc de Guise. Sa vue lui apporta un trouble qui la fit rougir et qui la fit paraître aux yeux de ces princes dans une beauté qu'ils crurent surnaturelle. Le duc de Guise la reconnut d'abord[4], malgré le changement avantageux qui s'était fait en elle depuis les trois années[5] qu'il ne l'avait pas vue. Il dit au duc d'Anjou qui elle était, qui fut honteux d'abord de la liberté qu'il avait prise, mais, voyant Madame de Montpensier si belle et cette aventure lui plaisant si fort, il se résolut de l'achever, et, après mille excuses et mille compliments, il inventa une affaire considérable qu'il disait avoir au-delà de la rivière et accepta l'offre qu'elle lui fit de passer dans son bateau. Il y entra seul avec le duc de Guise, donnant ordre à tous ceux qui les suivaient d'aller passer la rivière à un autre endroit, et de les venir joindre à Champigny, que Madame de Montpensier leur dit n'être qu'à deux lieues[6] de là. Sitôt qu'ils furent dans le bateau, le duc d'Anjou lui demanda à quoi ils devaient une si agréable

Notes

1. **au bout** : jusqu'au bout.
2. **de leurs gens** : quelques personnes de leur suite.
3. **bonne mine** : belle allure.
4. **d'abord** : aussitôt.
5. **les trois années** : les trois années écoulées après son mariage. La scène se passe en 1669 ; les deux jeunes gens ont alors 19 ans.
6. 1 lieue équivaut à environ 4 km.

rencontre et ce qu'elle faisait au milieu de la rivière. Elle lui apprit qu'étant partie de Champigny avec le prince son mari dans le dessein de le suivre à la chasse, elle s'était trouvée trop lasse et était venue sur le bord de la rivière, où la curiosité d'aller voir prendre un saumon qui avait donné dans un filet l'avait fait entrer dans ce bateau.

Monsieur de Guise ne se mêlait point dans la conversation et, sentant réveiller dans son cœur si vivement tout ce que cette princesse y avait autrefois fait naître, il pensait en lui-même qu'il pourrait demeurer aussi bien pris dans les liens de cette belle princesse que le saumon l'était dans les filets du pêcheur. Ils arrivèrent bientôt au bord, où ils trouvèrent les chevaux et les écuyers[1] de Madame de Montpensier qui l'attendaient. Le duc d'Anjou lui aida[2] à monter à cheval, où elle se tenait avec une grâce admirable, et ces deux princes ayant pris des chevaux de main[3] que conduisaient des pages de cette princesse, ils prirent le chemin de Champigny où elle les conduisait. Ils ne furent pas moins surpris des charmes de son esprit qu'ils l'avaient été de sa beauté et ne purent s'empêcher de lui faire connaître l'étonnement où ils étaient de tous les deux.

Elle répondit à leurs louanges avec toute la modestie imaginable, mais un peu plus froidement à celles du duc de Guise, voulant garder une fierté qui l'empêchât de fonder aucune espérance sur l'inclination qu'elle avait eue pour lui.

En arrivant dans la première cour de Champigny, ils y trouvèrent le prince de Montpensier qui ne faisait que revenir de la chasse. Son étonnement fut grand de voir deux hommes marcher à côté de sa femme, mais il fut extrême quand, s'approchant plus près, il reconnut que c'étaient le duc d'Anjou et le duc de Guise. La haine qu'il avait pour le dernier se joignant à la jalousie naturelle lui fit trouver quelque chose de si

Notes

1. **écuyers** : personnes s'occupant des écuries d'un noble.
2. **lui aida** : l'aida.
3. **chevaux de main** : chevaux qu'on mène à la main, sans monter dessus.

désagréable à voir ces deux princes avec sa femme sans savoir comment ils s'y étaient trouvés ni ce qu'ils venaient faire chez lui, qu'il ne put cacher le chagrin qu'il en avait ; mais il en rejeta la cause sur la crainte de ne pouvoir recevoir un si grand prince selon sa qualité et comme il l'eût souhaité.

Le comte de Chabannes avait encore plus de chagrin de voir Monsieur de Guise auprès de Madame de Montpensier que Monsieur de Montpensier n'en avait lui-même. Ce que le hasard avait fait pour rassembler ces deux personnes lui semblait de si mauvais augure qu'il pronostiquait aisément que ce commencement de roman ne serait pas sans suite. Madame de Montpensier fit les honneurs de chez elle avec le même agrément qu'elle faisait toutes choses.

Enfin, elle ne plut que trop à ses hôtes. Le duc d'Anjou, qui était fort galant et fort bien fait, ne put voir une fortune[1] si digne de lui sans la souhaiter ardemment. Il fut touché du même mal que Monsieur de Guise et, feignant toujours des affaires extraordinaires, il demeura deux jours sans être obligé d'y demeurer que par les charmes de Madame de Montpensier, le prince son mari ne faisant pas de violence[2] pour l'y retenir. Le duc de Guise ne partit pas sans faire entendre[3] à Madame de Montpensier qu'il était pour elle ce qu'il était autrefois et, comme sa passion n'avait point été sue de personne, il lui dit plusieurs fois, devant tout le monde sans être entendu que d'elle, que son cœur n'avait point changé, et partit avec le duc d'Anjou. Ils sortirent de Champigny et l'un et l'autre avec beaucoup de regret, et marchèrent longtemps dans un profond silence. Enfin, le duc d'Anjou s'imaginant tout d'un coup que ce qui causait sa rêverie pouvait bien causer celle du duc de Guise, lui demanda brusquement s'il pensait aux beautés de la princesse de Montpensier.

Notes

1. **fortune** : aventure galante.
2. **de violence** : d'efforts.
3. **entendre** : comprendre.

Cette demande si brusque, jointe à ce qu'avait déjà remarqué le duc de Guise des sentiments du duc d'Anjou, lui fit voir qu'il serait infailliblement son rival et qu'il lui était très important de ne pas découvrir[1] son amour à ce prince. Pour lui en ôter tout soupçon, il lui répondit en riant qu'il paraissait lui-même si occupé de la rêverie dont il l'accusait qu'il n'avait pas jugé à propos de l'interrompre ; que les beautés de la princesse de Montpensier n'étaient pas nouvelles pour lui ; qu'il s'était accoutumé à en supporter l'éclat du temps qu'elle était destinée à être sa belle-sœur, mais qu'il voyait bien que tout le monde n'en était pas si peu ébloui que lui. Le duc d'Anjou lui avoua qu'il n'avait encore rien vu qui lui parût comparable à la princesse de Montpensier et qu'il sentait bien que sa vue lui pourrait être dangereuse, s'il y était souvent exposé. Il voulut faire convenir le duc de Guise qu'il sentait la même chose, mais ce duc, qui commençait à se faire une affaire sérieuse de son amour, n'en voulut rien avouer.

Les princes s'en retournèrent à Loches, faisant souvent leur agréable conversation de l'aventure qui leur avait découvert la princesse de Montpensier. Ce ne fut pas un sujet de si grand divertissement dans Champigny. Le prince de Montpensier était mal content[2] de ce qui était arrivé sans qu'il en pût dire le sujet. Il trouvait mauvais que sa femme se fût trouvée dans ce bateau ; il lui semblait qu'elle avait reçu trop agréablement ces princes. Et ce qui lui déplaisait le plus était d'avoir remarqué que le duc de Guise l'avait regardée attentivement. Il en conçut dans ce moment une jalousie si furieuse qu'elle le fit ressouvenir de l'emportement qu'il[3] avait témoigné lors de son mariage, et il eut quelque soupçon que, dès ce temps-là, il en était amoureux.

Notes

1. **découvrir** : dévoiler.
2. **mal content** : mécontent.
3. **il** : le duc de Guise.

Le chagrin que tous ses soupçons lui causèrent donna de mauvaises heures à la princesse de Montpensier. Le comte de Chabannes, selon sa coutume, prit soin d'empêcher qu'ils ne se brouillassent tout à fait afin de persuader par là à la princesse[1] combien la passion qu'il avait pour elle était sincère et désintéressée. Il ne put s'empêcher de lui demander l'effet qu'avait produit sur elle la vue du duc de Guise. Elle lui apprit qu'elle en avait été troublée, par la honte de l'inclination qu'elle lui avait autrefois témoignée ; qu'elle l'avait trouvé beaucoup mieux fait qu'il n'était en ce temps-là, et que même il lui avait paru qu'il lui voulait persuader qu'il l'aimait encore, mais elle l'assura en même temps que rien ne pouvait ébranler la résolution qu'elle avait prise de ne s'engager[2] jamais.

Le comte de Chabannes fut très aise de tout ce qu'elle lui disait, quoique rien ne le pût rassurer sur le duc de Guise. Il témoigna à la princesse qu'il appréhendait pour elle que les premières impressions ne revinssent quelque jour, et il lui fit comprendre la mortelle douleur qu'il aurait pour son intérêt d'elle et pour le sien propre de la voir changer de sentiment. La princesse de Montpensier, continuant toujours son procédé avec lui, ne répondait presque pas à ce qu'il lui disait de sa passion et ne considérait toujours en lui que la qualité du meilleur ami du monde, sans lui vouloir faire l'honneur de prendre garde à celle d'amant.

Les armées étant remises sur pied, tous les princes y retournèrent, et le prince de Montpensier trouva bon que sa femme s'en vînt à Paris pour n'être plus si proche des lieux où se faisait la guerre. Les Huguenots assiégèrent la ville de Poitiers[3].

Notes

1. **persuader […] à la princesse** : tournure ancienne pour « persuada la princesse ».
2. **s'engager** : s'engager dans une liaison amoureuse.
3. En août et septembre 1669, la ville de Poitiers est assiégée par les troupes protestantes de l'amiral de Coligny et défendue par le duc de Guise et son frère le duc de Mayenne qui parviennent à faire lever le siège le 7 septembre.

Le duc de Guise s'y jeta pour la défendre et y fit des actions qui suffiraient seules à rendre glorieuse une autre vie que la sienne.

Ensuite, la bataille de Moncontour[1] se donna et le duc d'Anjou, après avoir pris Saint-Jean-d'Angély[2], tomba malade et fut contraint de quitter l'armée soit par la violence de son mal ou par l'envie qu'il avait de revenir goûter le repos et les douceurs de Paris, où la présence de la princesse de Montpensier n'était pas la moindre qui l'y attirât. L'armée demeura sous le commandement du prince de Montpensier et, peu de temps après, la paix[3] étant faite, toute la Cour se trouva à Paris. La beauté de la princesse de Montpensier effaça toutes celles qu'on avait admirées jusques alors[4] ; elle attira les yeux de tout le monde par les charmes de son esprit et de sa personne. Le duc d'Anjou ne changea pas en la revoyant les sentiments qu'il avait conçus pour elle à Champigny, et prit un soin extrême de les lui faire connaître par toutes sortes de soins et de galanteries, se ménageant toutefois à[5] ne lui en donner des témoignages trop éclatants, de peur de donner de la jalousie au prince son mari. Le duc de Guise acheva d'en devenir violemment amoureux et, voulant par plusieurs raisons tenir sa passion cachée, il se résolut de la déclarer d'abord à la princesse de Montpensier, pour s'épargner tous ces commencements qui font toujours naître le bruit et l'éclat[6]. Étant un jour chez la reine à une heure où il y avait très peu de monde, et la reine étant retirée dans son cabinet[7] pour parler au cardinal de Lorraine, la princesse arriva.

Notes

1. La bataille de Moncontour a lieu en octobre 1569 : c'est une grande victoire du duc d'Anjou sur les troupes de Coligny.
2. Le siège de Saint-Jean-d'Angély, mené par le duc d'Anjou, s'achève par la capitulation de la ville en décembre 1569.
3. Il s'agit de la paix de Saint-Germain signée en août 1570 et qui met fin à la troisième guerre de Religion en reconnaissant certains droits aux protestants.
4. **jusques alors** : jusqu'alors.
5. **se ménageant [...] à** : prenant soin habilement de.
6. **l'éclat** : le scandale.
7. **son cabinet** : sa pièce de travail.

Le duc se résolut de prendre ce moment pour lui parler, et, s'approchant d'elle : « Je vais vous surprendre, Madame, lui dit-il, et vous déplaire en vous apprenant que j'ai toujours conservé cette passion qui vous a été connue autrefois, et qu'elle est si fort augmentée en vous revoyant, que votre sévérité, la haine de Monsieur le prince de Montpensier et la concurrence du premier prince du royaume ne sauraient lui ôter un moment de sa violence. Il aurait été plus respectueux de vous la faire connaître par mes actions que par mes paroles, mais, Madame, mes actions l'auraient apprise à d'autres aussi bien qu'à vous, et je veux que vous sachiez seule que je suis assez hardi pour vous adorer. » La princesse fut d'abord si surprise et si troublée de ce discours qu'elle ne songea pas à l'interrompre, mais, ensuite, étant revenue à elle et commençant à lui répondre, le prince de Montpensier entra. Le trouble et l'agitation étaient peints sur le visage de la princesse sa femme. La vue de son mari acheva de l'embarrasser, de sorte qu'elle lui en laissa plus entendre que le duc de Guise n'en venait de dire.

La reine sortit de son cabinet, et le duc se retira pour guérir la jalousie de ce prince. La princesse de Montpensier trouva le soir dans l'esprit de son mari tout le chagrin à quoi elle s'était attendue. Il s'emporta avec des violences épouvantables et lui défendit de parler jamais au duc de Guise. Elle se retira bien triste dans son appartement et bien occupée des aventures qui lui étaient arrivées ce jour-là. Le jour suivant, elle revit le duc de Guise chez la reine, mais il ne l'aborda pas et se contenta de sortir un peu après elle, pour lui faire voir qu'il n'y avait que faire quand elle n'y était pas et il ne se passait point de jour qu'elle ne reçût mille marques cachées de la passion de ce duc, sans qu'il essayât de lui parler que lorsqu'il ne pouvait être vu de personne. Malgré toutes ces belles résolutions qu'elle avait faites à Champigny, elle commença à être persuadée de sa passion et à sentir dans le fond de son cœur quelque chose de ce qui y avait été autrefois. Le duc d'Anjou, de son côté, qui n'oubliait rien pour lui témoigner sa passion en tous les lieux où il la pouvait voir, et qui la suivait continuellement chez la reine sa mère et la princesse sa sœur, en était traité avec une rigueur étrange et capable de guérir toute autre passion que la sienne.

On découvrit en ce temps-là que Madame, qui fut depuis reine de Navarre[1], avait quelque attachement pour le duc de Guise, et ce qui le fit éclater[2] davantage fut le refroidissement[3] qui parut du duc d'Anjou pour le duc de Guise. La princesse de Montpensier apprit cette nouvelle, qui ne lui fut pas indifférente et qui lui fit sentir qu'elle prenait plus d'intérêt au duc de Guise qu'elle ne pensait. Monsieur de Montpensier, son beau-père, épousant Mademoiselle de Guise, sœur de ce duc[4], elle était contrainte de le voir souvent dans les lieux où les cérémonies des noces les appelaient l'un et l'autre. La princesse de Montpensier ne pouvant souffrir qu'un homme que toute la France croyait amoureux de Madame osât lui dire qu'il l'était d'elle, et se sentant offensée et quasi affligée de s'être trompée elle-même, un jour que le duc de Guise la rencontra chez sa sœur un peu éloignée des autres et qu'il lui voulut parler de sa passion, elle l'interrompit brusquement et lui dit d'un ton qui marquait sa colère : «Je ne comprends pas qu'il faille, sur le fondement d'une faiblesse dont on a été capable à treize ans, avoir l'audace de faire l'amoureux d'une personne comme moi, et surtout quand on l'est d'une autre au su de toute la Cour.»

Notes

1. Marguerite de Valois (1553-1615), sœur de Charles IX et Henri III, est connue sous le nom de «reine Margot». Elle épouse le protestant Henri de Navarre, futur Henri IV, le 18 août 1572, quelques jours avant la Saint-Barthélemy.
2. **éclater** : se manifester d'une manière frappante.
3. **refroidissement** : diminution d'affection.
4. Le duc de Montpensier, père du prince, épouse Catherine de Guise en février 1570.

Le duc de Guise, qui avait beaucoup d'esprit et qui était fort amoureux, n'eut besoin de consulter personne pour entendre tout ce que signifiaient les paroles de la princesse ; il lui répondit avec beaucoup de respect : « J'avoue, Madame, que j'ai eu tort de ne pas mépriser l'honneur d'être beau-frère de mon roi plutôt que de vous laisser soupçonner un moment que je pourrais désirer un autre cœur que le vôtre ; mais si vous voulez me faire la grâce de m'écouter, je suis assuré de me justifier auprès de vous. » La princesse de Montpensier ne répondit point, mais elle ne s'éloigna pas, et le duc de Guise voyant qu'elle lui donnait l'audience qu'il souhaitait, lui apprit que, sans s'être attiré les bonnes grâces de Madame par aucun soin, elle l'en avait honoré ; que, n'ayant nulle passion pour elle, il avait très mal répondu à l'honneur qu'elle lui faisait jusqu'à ce qu'elle lui eût donné quelque espérance de l'épouser ; qu'à la vérité, la grandeur où ce mariage pouvait l'élever l'avait obligé de lui rendre plus de devoirs[1] et que c'était ce qui avait donné lieu au soupçon qu'avaient eu le roi et le duc d'Anjou ; que la disgrâce[2] de l'un ni de l'autre ne le dissuadait pas de son dessein, mais que, s'il lui déplaisait, il l'abandonnait dès l'heure même pour n'y penser de sa vie.

Le sacrifice que le duc de Guise faisait à la princesse lui fit oublier toute la rigueur et toute la colère avec laquelle elle avait commencé à lui parler. Elle commença à raisonner avec lui de la faiblesse qu'avait eue Madame de l'aimer la première, de l'avantage considérable qu'il recevrait en l'épousant. Enfin, sans rien d'obligeant[3] au duc de Guise, elle lui fit revoir mille choses agréables qu'il avait trouvées autrefois en Mademoiselle de Mézières. Quoiqu'ils ne se fussent point parlé depuis si longtemps, ils se trouvèrent pourtant accoutumés[4] ensemble et leurs cœurs se remirent aisément dans un chemin qui ne

Notes

1. **rendre plus de devoirs** : donner davantage de marques de respect et de politesse.

2. **disgrâce** : perte des faveurs.

3. **obligeant** : qui cherche à faire plaisir.

4. **accoutumés** : habitués.

leur était pas inconnu. Ils finirent enfin cette conversation, qui laissa une sensible joie dans l'esprit du duc de Guise. La princesse n'en eut pas une petite de connaître qu'il l'aimait véritablement, mais, quand elle fut dans son cabinet, quelles réflexions ne fit-elle point sur la honte de s'être laissée fléchir si aisément aux excuses du duc de Guise, sur l'embarras où elle s'allait plonger en s'engageant dans une chose qu'elle avait regardée avec tant d'horreur, et sur les effroyables malheurs où la jalousie de son mari la pouvait jeter. Ces pensées lui firent faire de nouvelles résolutions, qui se dissipèrent dès le lendemain par la vue du duc de Guise. Il ne manquait pas de lui rendre un compte exact de tout ce qui se passait entre Madame et lui, et la nouvelle alliance de leurs maisons leur donnait plusieurs occasions de se parler. Mais il n'avait pas peu de peine à la guérir de la jalousie que lui donnait la beauté de Madame, contre laquelle il n'y avait point de serment qui la pût rassurer, et cette jalousie lui servait à défendre plus opiniâtrement[1] le reste de son cœur contre les soins du duc de Guise, qui en avait déjà gagné la plus grande partie.

Le mariage du roi avec la fille de l'empereur Maximilien[2] remplit la Cour de fêtes et de réjouissances. Le roi fit un ballet où dansaient Madame et toutes les princesses. La princesse de Montpensier pouvait seule lui disputer le prix de la beauté. Le duc d'Anjou dansait une entrée[3] de Maures et le duc de Guise, avec quatre autres, était de son entrée : leurs habits étaient tous pareils, comme l'ont accoutumé de l'être les habits de ceux qui dansent une même entrée.

La première fois que le ballet se dansa, le duc de Guise, devant que de[4] danser et n'ayant pas encore son masque, dit quelques mots en passant à la princesse de Montpensier. Elle

Notes

1. **opiniâtrement** : avec constance, ténacité.
2. Charles IX épouse Élisabeth d'Autriche (1554-1592) en 1570.
3. **entrée** : intermède d'un ballet.
4. **devant que de** : avant de.

s'aperçut bien que le prince son mari y avait pris garde, ce qui la mit en inquiétude, et, toute troublée, quelque temps après, voyant le duc d'Anjou avec son masque et son habit de Maure qui venait pour lui parler, elle crut que c'était encore le duc de Guise et, s'approchant de lui : « N'ayez des yeux ce soir que pour Madame, lui dit-elle ; je n'en serai point jalouse ; je vous l'ordonne, on m'observe, ne m'approchez plus. » Elle se retira sitôt qu'elle eut achevé ces paroles et le duc d'Anjou en demeura accablé comme d'un coup de tonnerre. Il vit dans ce moment qu'il avait un rival aimé. Il comprit par le nom de Madame que ce rival était le duc de Guise, et il ne put douter que la princesse sa sœur ne fût le sacrifice qui avait rendu la princesse de Montpensier favorable aux yeux de son rival. La jalousie, le dépit et la rage se joignant à la haine qu'il avait déjà pour lui firent dans son âme tout ce qu'on peut imaginer de plus violent, et il eût donné sur l'heure quelque marque sanglante de son désespoir si la dissimulation qui lui était naturelle ne fût venue à son secours et ne l'eût obligé, par des raisons puissantes, en l'état qu'étaient les choses, à ne rien entreprendre contre le duc de Guise. Il ne put toutefois se refuser le plaisir de lui apprendre qu'il savait le secret de son amour et, l'abordant en sortant de la salle où l'on avait dansé : « C'est trop, lui dit-il, d'oser lever les yeux jusqu'à ma sœur et de m'ôter ma maîtresse[1]. La considération du roi m'empêche d'éclater, mais souvenez-vous que la perte de votre vie sera peut-être la moindre chose dont je punirai quelque jour votre témérité. »

La fierté du duc de Guise n'était pas accoutumée à de telles menaces. Il ne put néanmoins y répondre parce que le roi, qui sortait en ce moment, les y appela tous deux. Mais elles gravèrent dans son cœur un désir de vengeance qu'il travailla

Note

1. **maîtresse** : femme aimée, sans qu'il y ait nécessairement de relation sexuelle.

toute sa vie à satisfaire[1]. Dès le même soir, le duc d'Anjou lui rendit toutes sortes de mauvais offices[2] auprès du roi. Il lui persuada que jamais Madame ne consentirait à son mariage que l'on proposait alors avec le roi de Navarre[3] tant que l'on souffrirait[4] que le duc de Guise l'approchât, et qu'il était honteux de souffrir que ce duc, pour satisfaire sa vanité, apportât de l'obstacle à une chose qui devait donner la paix à la France.

Le roi avait déjà assez d'aigreur[5] contre le duc de Guise et ce discours l'augmenta si fort que le lendemain, le roi voyant ce duc qui se présentait pour entrer au bal chez la reine, paré d'un nombre infini de pierreries mais plus paré encore de sa bonne mine, il se mit à l'entrée de la porte et lui demanda brusquement où il allait. Le duc, sans s'étonner, lui dit qu'il venait pour lui rendre ses très humbles services, à quoi le roi répliqua qu'il n'avait pas besoin de ceux qu'il lui rendait et se tourna sans le regarder. Le duc de Guise ne laissa pas d'entrer dans la salle, outré dans le cœur et contre le roi et contre le duc d'Anjou, et par une manière de dépit, il s'approcha beaucoup plus de Madame qu'il n'avait accoutumé, joint que[6] ce que lui avait dit le duc d'Anjou de la princesse de Montpensier l'empêchait de jeter les yeux sur elle. Le duc d'Anjou les observait soigneusement l'un et l'autre et les yeux de cette princesse laissaient voir malgré elle quelque chagrin lorsque le duc de Guise parlait à Madame. Le duc d'Anjou, qui avait compris par ce qu'elle lui avait dit en le prenant pour le duc qu'elle en avait de

Notes

1. Mme de Lafayette suggère que cette rivalité violente est à l'origine de la Ligue, mouvement ultra-catholique opposé au roi Henri III, dont le duc de Guise prit la tête en 1584.

2. **mauvais offices** : paroles, actions destinées à nuire à quelqu'un.

3. En 1670, il n'est pas encore question de mariage entre Marguerite de Valois et Henri de Navarre. Mais le roi Charles IX est absolument hostile à une union entre sa sœur et le duc de Guise qui était partisan d'une politique très dure envers les protestants et souhaitait une monarchie plus soumise aux grands du royaume.

4. **souffrirait** : accepterait.

5. **d'aigreur** : de ressentiment.

6. **joint que** : outre que.

la jalousie, espéra de les brouiller et, se mettant auprès d'elle : « C'est pour votre intérêt plutôt que pour le mien, Madame, lui dit-il, que je m'en vais vous apprendre que le duc de Guise ne mérite pas que vous l'ayez choisi à mon préjudice. Ne m'interrompez pas, je vous prie, pour me dire le contraire d'une vérité que je ne sais que trop. Il vous trompe, Madame, et vous sacrifie à ma sœur, comme il vous la sacrifie. C'est un homme qui n'est capable que d'ambition, mais puisqu'il a eu le bonheur de vous plaire, c'est assez ; je ne m'opposerai point à une fortune que je méritais sans doute mieux que lui, mais je m'en rendrais indigne si je m'opiniâtrais davantage à la conquête d'un cœur qu'un autre possède. C'est trop de n'avoir pu attirer que votre indifférence : je ne veux pas y faire succéder la haine en vous importunant plus longtemps de la plus fidèle passion qui fut jamais. » Le duc d'Anjou, qui était effectivement touché d'amour et de douleur, put à peine achever ces paroles et, quoiqu'il eût commencé son discours dans un esprit de dépit et de vengeance, il s'attendrit en considérant la beauté de cette princesse et la perte qu'il faisait en perdant l'espérance d'en être aimé. De sorte que, sans attendre sa réponse, il sortit du bal feignant de se trouver mal et s'en alla chez lui rêver à[1] son malheur.

La princesse de Montpensier demeura affligée et troublée, comme on se le peut imaginer ; de voir sa réputation et le secret de sa vie entre les mains d'un prince qu'elle avait maltraité[2] et d'apprendre par lui, sans pouvoir en douter, qu'elle était trompée par son amant étaient des choses peu capables de lui laisser la liberté d'esprit que demandait un lieu destiné à la joie. Il fallut pourtant y demeurer, et aller souper ensuite chez la duchesse de Montpensier sa belle-mère, qui la mena avec elle. Le duc de Guise, qui mourait d'impatience de lui conter

Notes

1. **rêver à** : méditer sur.

2. **maltraité** : traité avec rigueur (sur le plan amoureux).

ce que lui avait dit le duc d'Anjou, la suivit chez sa sœur, mais quel fut son étonnement lorsque, voulant parler à cette belle princesse, il trouva qu'elle n'ouvrit la bouche que pour lui faire des reproches épouvantables, que le dépit lui faisait faire si confusément qu'il n'y pouvait rien comprendre, sinon qu'elle l'accusait d'infidélité et de trahison. Désespéré de trouver une si grande augmentation de douleur où il avait espéré de se consoler de toutes les siennes, et aimant cette princesse avec une passion qui ne pouvait plus le laisser vivre dans l'incertitude d'en être aimé, il se détermina tout d'un coup : « Vous serez satisfaite, Madame, lui dit-il. Je m'en vais faire pour vous ce que toute la puissance royale n'aurait pu obtenir de moi. Il m'en coûtera ma fortune[1], mais c'est peu de chose pour vous satisfaire. » Et sans demeurer davantage chez la duchesse sa sœur, il s'en alla trouver à l'heure même les cardinaux ses oncles et, sur le prétexte du mauvais traitement qu'il avait reçu du roi, il leur fit voir une si grande nécessité pour sa fortune à ôter la pensée qu'on avait qu'il prétendait épouser Madame, qu'il les obligea à conclure son mariage avec la princesse de Portien[2], dont on avait déjà parlé, ce qui fut conclu et publié dès le lendemain.

Tout le monde fut surpris de ce mariage, et la princesse de Montpensier en fut touchée de joie et de douleur. Elle fut bien aise de voir par là le pouvoir qu'elle avait sur le duc de Guise, et elle fut fâchée en même temps de lui avoir fait abandonner une chose aussi avantageuse que le mariage de Madame.

Le duc de Guise, qui voulait que l'amour le récompensât de ce qu'il perdait du côté de la fortune, pressa la princesse de lui donner une audience particulière pour s'éclairer[3] des re-

Notes

1. **fortune** : ici, au sens de « place dans la société ».

2. Catherine de Clèves (1548-1633), veuve d'Antoine de Croy (prince de Porcien [et non pas *Portien*, comme dans la nouvelle]), épouse le duc de Guise en septembre 1570.

3. **s'éclairer** : avoir des éclaircissements sur.

proches injustes qu'elle lui avait faits. Il obtint qu'elle se trouverait chez la duchesse de Montpensier sa sœur à une heure que[1] la duchesse n'y serait pas, et qu'ils s'y rencontreraient. Cela fut exécuté comme il l'avait résolu. Le duc de Guise eut la joie de se pouvoir jeter à ses pieds, de lui parler en liberté de sa passion, et de lui dire ce qu'il avait souffert de ses soupçons. La princesse ne pouvait s'ôter de l'esprit ce que lui avait dit le duc d'Anjou, quoique le procédé du duc de Guise la dût absolument rassurer. Elle lui apprit le juste sujet qu'elle avait de croire qu'il l'avait trahie, puisque le duc d'Anjou savait ce qu'il ne pouvait avoir appris que de lui. Le duc de Guise ne savait par où se défendre et était aussi embarrassé que la princesse de Montpensier à deviner ce qui avait pu découvrir leur intelligence[2].

Enfin, dans la suite de leur conversation, cette princesse lui faisant voir qu'il avait eu tort de précipiter son mariage avec la princesse de Portien et d'abandonner celui de Madame, qui était si avantageux, elle lui dit qu'il pouvait bien juger qu'elle n'en eût eu aucune jalousie, puisque, le jour du ballet, elle-même l'avait conjuré de n'avoir des yeux que pour Madame. Le duc de Guise lui dit qu'elle avait eu intention de lui faire ce commandement, mais que sa bouche ne l'avait pas exécuté. La princesse lui soutint le contraire. Enfin, à force de disputer[3] et d'approfondir, ils trouvèrent qu'il fallait qu'elle se fût trompée dans la ressemblance des habits, et qu'elle-même eût appris au duc d'Anjou ce qu'elle accusait le duc de Guise de lui avoir dit.

Le duc de Guise, qui était presque justifié dans son esprit[4] par son mariage, le fut entièrement par cette conversation. Cette belle princesse ne put refuser son cœur à un homme qui l'avait possédé autrefois et qui venait de tout abandonner pour

Notes

1. **que** : où.
2. **découvrir leur intelligence** : dévoiler leur complicité.
3. **disputer** : discuter.
4. **dans son esprit** : dans l'esprit de la princesse.

elle. Elle consentit donc à recevoir ses vœux et lui permit de croire qu'elle n'était pas insensible à sa passion.

L'arrivée de la duchesse de Montpensier sa belle-mère finit cette conversation et empêcha le duc de Guise de lui faire voir les transports[1] de sa joie. Peu après, la Cour s'en alla à Blois, où la princesse de Montpensier la suivit. Le mariage de Madame avec le roi de Navarre y fut conclu[2], et le duc de Guise, qui ne se connaissait plus de grandeur ni de bonne fortune que celle d'être aimé de la princesse, vit avec joie la conclusion de ce mariage qui l'aurait comblé de douleur dans un autre temps. Il ne pouvait si bien cacher son amour que la jalousie du prince de Montpensier n'en entrevît quelque chose, et, n'étant plus maître de son inquiétude, il ordonna à la princesse sa femme de s'en aller à Champigny pour se guérir de ses soupçons.

Ce commandement lui fut bien rude, mais il fallait l'exécuter. Elle trouva moyen de dire adieu en particulier[3] au duc de Guise, mais elle se trouva bien embarrassée à lui donner des moyens sûrs pour lui écrire. Enfin, après avoir bien cherché, elle jeta les yeux sur le comte de Chabannes, qu'elle comptait toujours pour son ami, sans considérer qu'il était son amant[4]. Le duc de Guise, qui savait à quel point ce comte était ami du prince de Montpensier, fut épouvanté qu'elle le choisît pour son confident, mais elle lui répondit si bien de[5] sa fidélité qu'elle le rassura et ce duc se sépara d'elle avec toute la douleur que peut causer l'absence d'une personne que l'on aime passionnément. Le comte de Chabannes, qui avait toujours été malade chez lui pendant le séjour de la princesse de Montpensier à la Cour, sachant qu'elle s'en allait à Champigny, la vint trouver sur le chemin pour s'y en aller avec elle. Il fut d'abord

Notes

1. **transports** : manifestation d'une vive émotion.
2. Le contrat de mariage entre Marguerite de Valois et Henri de Navarre est signé à Blois le 11 avril 1572.
3. **en particulier** : en secret.
4. **amant** : au sens de « homme qui l'aime ».
5. **répondit [...] de** : se porta garante de.

charmé de la joie que lui témoigna cette princesse de le voir, et plus encore de l'impatience qu'elle avait de le pouvoir entretenir[1]. Mais quel fut[2] son étonnement et sa douleur quand il trouva que cette impatience n'allait qu'à lui conter qu'elle était passionnément aimée du duc de Guise et qu'elle ne l'aimait pas moins ! Sa douleur ne lui permit pas de répondre ; mais cette princesse, qui était pleine de sa passion et qui trouvait un soulagement extrême à lui en parler, ne prit pas garde à son silence et se mit à lui conter jusques aux plus petites circonstances de son aventure et lui dit comme le duc de Guise et elle étaient convenus de recevoir leurs lettres par son moyen[3]. Ce fut le dernier coup pour le comte de Chabannes de voir que sa maîtresse voulait qu'il servît son rival, et qu'elle lui en faisait la proposition comme d'une chose naturelle, sans envisager le supplice où elle l'exposait. Il était si absolument maître de lui-même qu'il lui cacha tous ses sentiments et lui témoigna seulement la surprise où il était de voir en elle un si grand changement. Il espéra d'abord que ce changement, qui lui ôtait toute espérance, lui ôterait infailliblement son amour. Mais il trouva cette princesse si belle, et sa grâce naturelle si augmentée par celle que lui avait donnée l'air de la Cour, qu'il sentit qu'il l'aimait plus que jamais. Toutes les confidences qu'elle lui faisait sur la tendresse et sur la délicatesse de ses sentiments pour le duc de Guise lui faisaient voir le prix du cœur de cette princesse et lui donnaient un violent désir de le posséder. Comme sa passion était la plus extraordinaire du monde, elle produisit l'effet du monde le plus extraordinaire aussi, car elle le fit résoudre de porter à sa maîtresse les lettres de son rival.

L'absence du duc de Guise donnait un chagrin mortel à la princesse de Montpensier, et, n'espérant de soulagement que

Notes

1. **le pouvoir entretenir** : pouvoir s'entretenir avec lui.

2. **quel fut** : en français moderne, on accorderait avec les deux sujets (« quels furent »).

3. **moyen** : intermédiaire.

par ses lettres, elle tourmentait incessamment[1] le comte de Chabannes pour savoir s'il n'en recevait point, et se prenait[2] quasi à lui de n'en avoir pas assez tôt. Enfin, il en reçut par un gentilhomme exprès[3] et il les lui apporta à l'heure même pour ne lui retarder pas[4] sa joie d'un moment.

La joie qu'elle eut de les recevoir fut extrême ; elle ne prit pas le soin de la lui cacher, et lui fit avaler à longs traits tout le poison imaginable en lui lisant ses lettres, et la réponse tendre et galante qu'elle y faisait. Il porta cette réponse au gentilhomme avec autant de fidélité qu'il avait fait la lettre[5], mais encore avec plus de douleur. Il se consola pourtant un peu dans la pensée que cette princesse ferait quelque réflexion sur ce qu'il faisait pour elle, et qu'elle lui en témoignerait de la reconnaissance, mais, la trouvant tous les jours plus rude pour lui par le chagrin qu'elle avait d'ailleurs[6], il prit la liberté de la supplier de penser un peu à ce qu'elle lui faisait souffrir. La princesse, qui n'avait dans la tête que le duc de Guise et qui ne trouvait que lui digne de l'adorer, trouva si mauvais qu'un autre mortel osât encore penser à elle qu'elle maltraita bien plus le comte de Chabannes qu'elle n'avait fait la première fois qu'il lui avait parlé de son amour.

Ce comte, dont la passion et la patience étaient aux dernières épreuves, sortit en même temps d'auprès d'elle et de Champigny et s'en alla chez un de ses amis dans le voisinage, d'où il lui écrivit avec toute la rage que pouvait causer son procédé, mais néanmoins avec tout le respect qui était dû à sa qualité, et par sa lettre, il lui disait un éternel adieu.

Notes

1. **incessamment** : sans cesse.
2. **se prenait** : s'en prenait.
3. **exprès** : chargé précisément de cette fonction.
4. **pour ne lui retarder pas** : pour ne pas lui retarder.
5. **qu'il avait fait la lettre** : qu'il l'avait fait pour la lettre.
6. **d'ailleurs** : par ailleurs, pour un autre motif.

La princesse commença à se repentir d'avoir si peu ménagé un homme sur qui elle avait tant de pouvoir, et ne pouvant se résoudre à le perdre à cause de l'amitié qu'elle avait pour lui et par l'intérêt de son amour pour le duc de Guise, où il lui était nécessaire, elle lui manda[1] qu'elle voulait absolument lui parler encore une fois et puis qu'elle le laisserait libre de faire ce qu'il voudrait. L'on est bien faible quand l'on est amoureux. Le comte revint, et en une heure la beauté de la princesse de Montpensier, son esprit et quelques paroles obligeantes le rendirent plus soumis qu'il n'avait jamais été, et il lui donna même des lettres du duc de Guise qu'il venait de recevoir.

Pendant ce temps, l'envie qu'on eut à la Cour d'y faire revenir les chefs du parti huguenot pour cet horrible dessein que l'on exécuta le jour de la Saint-Barthélemy fit que le roi, pour les mieux tromper, éloigna de lui tous les princes de la maison de Bourbon et tous ceux de la maison de Guise. Le prince de Montpensier s'en revint à Champigny pour achever d'accabler la princesse sa femme par sa présence, et tous ceux de Guise s'en allèrent à la campagne, chez le cardinal de Lorraine leur oncle. L'amour et l'oisiveté mirent dans l'esprit du duc de Guise un si violent désir de voir la princesse de Montpensier que, sans considérer ce qu'il hasardait pour elle et pour lui, il feignit un voyage, et, laissant tout son train[2] dans une petite ville, il prit avec lui ce seul gentilhomme qui avait déjà fait plusieurs voyages à Champigny et il s'y en alla en poste[3]. Comme il n'avait point d'autre adresse que celle du comte de Chabannes, il lui fit écrire un billet par ce même gentilhomme qui le priait de le venir trouver en un lieu qu'il lui marquait[4]. Le comte de Chabannes, croyant seulement que c'était pour recevoir les lettres du duc de Guise, alla trouver le

Notes

1. **manda** : fit savoir par un message.
2. **train** : ensemble des personnes, chevaux et bagages qui accompagnent un noble dans ses déplacements.
3. **poste** : voiture transportant le courrier et les personnes, qu'un personnage de haut rang n'emprunte pas d'ordinaire.
4. **marquait** : indiquait.

gentilhomme, mais il fut étrangement surpris quand il vit le duc de Guise, et n'en fut pas moins affligé. Ce duc, occupé de son dessein, ne prit non plus garde à l'embarras du comte que la princesse de Montpensier avait fait à son silence lorsqu'elle lui avait conté son amour, et il se mit à lui exagérer[1] sa passion et à lui faire comprendre qu'il mourrait infailliblement s'il ne lui faisait obtenir de la princesse la permission de la voir.

Le comte de Chabannes lui répondit seulement qu'il dirait à cette princesse tout ce qu'il souhaitait et qu'il viendrait lui en rendre réponse. Le comte de Chabannes reprit le chemin de Champigny, combattu de[2] ses propres sentiments avec une violence qui lui ôtait quelquefois toute sorte de connaissance. Souvent il résolvait de renvoyer le duc de Guise, sans le dire à la princesse de Montpensier. Mais la fidélité exacte qu'il lui avait promise changeait sa résolution. Il arriva à Champigny sans savoir ce qu'il devait faire, et, apprenant que le prince de Montpensier était à la chasse, il alla droit à l'appartement de la princesse qui, le voyant avec toutes les marques d'une violente agitation, fit retirer aussitôt ses femmes pour savoir le sujet de ce trouble. Il lui dit, se modérant le plus qu'il lui fut possible, que le duc de Guise était à une lieue de Champigny, qui demandait à la voir. La princesse fit un grand cri à cette nouvelle, et son embarras ne fut guère moindre que celui du comte. Son amour lui présenta d'abord la joie qu'elle aurait de voir un homme qu'elle aimait si tendrement. Mais quand elle pensa combien cette action était contraire à sa vertu et qu'elle ne pouvait voir son amant qu'en le faisant entrer la nuit chez elle à l'insu de son mari, elle se trouva dans une extrémité[3] épouvantable. Le comte attendait sa réponse comme une chose qui allait décider de sa vie ou de sa mort, mais, jugeant de son incertitude par son silence, il prit la parole pour lui représen-

Notes

1. **exagérer** : présenter de façon excessive.
2. **combattu de** : tourmenté par.
3. **extrémité** : situation très difficile.

ter tous les périls où elle s'exposerait par cette entrevue, et, voulant lui faire voir qu'il ne tenait pas ce discours pour ses intérêts, il lui dit : « Si, après tout ce que je viens de vous représenter, Madame, votre passion est la plus forte, et que vous vouliez voir le duc de Guise, que ma considération[1] ne vous en empêche point, si celle de votre intérêt ne le fait pas. Je ne veux point priver de sa satisfaction une personne que j'adore ou être cause qu'elle cherche des personnes moins fidèles que moi pour se la procurer.

« Oui, Madame, si vous voulez, je vais quérir[2] le duc de Guise dès ce soir, car il est trop périlleux de le laisser plus longtemps où il est, et je l'amènerai dans votre appartement. – Mais par où et comment? interrompit la princesse. – Ha! Madame, s'écria le comte, c'en est fait, puisque vous ne délibérez plus que sur les moyens. Il viendra, Madame, ce bienheureux; je l'amènerai par le parc. Donnez ordre seulement à celle de vos femmes[3] à qui vous vous fiez qu'elle baisse le petit pont-levis qui donne de votre antichambre dans le parterre[4], précisément à minuit, et ne vous inquiétez pas du reste. »

En achevant ces paroles, le comte de Chabannes se leva et, sans attendre d'autre consentement de la princesse de Montpensier, il remonta à cheval et vint trouver le duc de Guise, qui l'attendait avec une violente impatience. La princesse de Montpensier demeura si troublée qu'elle demeura quelque temps sans revenir à elle. Son premier mouvement fut de faire rappeler le comte de Chabannes pour lui défendre d'amener le duc de Guise, mais elle n'en eut pas la force, et elle pensa que, sans le rappeler, elle n'avait qu'à ne point faire abaisser le pont. Elle crut qu'elle continuerait dans cette résolution, mais, quand onze heures approchèrent, elle ne put résister à l'envie de voir un amant qu'elle croyait si digne d'elle et instruisit une

Notes

1. **ma considération** : l'attention que vous portez à ce que je vous ai dit.
2. **quérir** : chercher.
3. **femmes** : femmes de chambre.
4. **parterre** : partie du jardin qui fait face au bâtiment.

de ses femmes de tout ce qu'il fallait faire pour introduire le duc de Guise dans son appartement.

Cependant, ce duc et le comte de Chabannes approchaient de Champigny dans un état bien différent. Le duc abandonnait son âme à la joie et à tout ce que l'espérance inspire de plus agréable, et le comte s'abandonnait à un désespoir et à une rage qui le poussa mille fois à donner de son épée au travers du corps de son rival.

Enfin, ils arrivèrent au parc de Champigny et laissèrent leurs chevaux à l'écuyer du duc de Guise et, passant par des brèches qui étaient aux murailles, ils vinrent dans le parterre. Le comte de Chabannes, au milieu de son désespoir, avait conservé quelque rayon d'espérance que la princesse de Montpensier aurait fait revenir sa raison et qu'elle se serait résolue à ne point voir le duc de Guise. Quand il vit le petit pont abaissé, ce fut alors qu'il ne put douter de rien, et ce fut alors qu'il fut tout prêt à se porter aux dernières extrémités. Mais venant à penser que, s'il faisait du bruit, il serait ouï apparemment[1] du prince de Montpensier, dont l'appartement donnait sur le même parterre, et que tout ce désordre tomberait ensuite sur la princesse de Montpensier, sa rage se calma à l'heure même, et il acheva de conduire le duc de Guise aux pieds de sa princesse, et il ne put se résoudre à être témoin de leur conversation, quoique la princesse lui témoignât le souhaiter, et qu'il l'eût bien souhaité lui-même. Il se retira dans un petit passage qui regardait[2] du côté de l'appartement du prince de Montpensier, ayant dans l'esprit les plus tristes pensées qui aient jamais occupé l'esprit d'un amant.

Cependant, quelque peu de bruit qu'ils eussent fait en passant sur le pont, le prince de Montpensier qui, par malheur, était éveillé dans ce moment, l'entendit et fit lever un de ses valets de chambre pour voir ce que c'était. Le valet de chambre

Notes

1. **apparemment** : vraisemblablement. 2. **regardait** : conduisait.

mit la tête à la fenêtre et, au travers de l'obscurité de la nuit, il aperçut que le pont était abaissé et en avertit son maître qui lui commanda en même temps d'aller dans le parc voir ce que ce pouvait être, et un moment après il se leva lui-même, étant inquiet de ce qu'il lui semblait avoir ouï marcher, et s'en vint droit à l'appartement de la princesse sa femme, où il savait que le pont venait répondre. Dans le moment qu'il approchait de ce petit passage où était le comte de Chabannes, la princesse de Montpensier, qui avait quelque honte de se trouver seule avec le duc de Guise, pria plusieurs fois le comte d'entrer dans sa chambre ; il s'en excusa toujours et, comme elle l'en pressait davantage, possédé de rage et de fureur, il lui répondit si haut qu'il fut ouï du prince de Montpensier, mais si confusément qu'il entendit seulement la voix d'un homme, sans distinguer celle du comte. Une pareille aventure eût donné de l'emportement à un esprit plus tranquille et moins jaloux. Aussi mit-elle d'abord l'excès de la rage et de la fureur dans celui du prince, qui heurta aussitôt à la porte avec impétuosité et, criant pour se faire ouvrir, il donna la plus cruelle surprise qui ait jamais été à la princesse, au duc de Guise et au comte de Chabannes.

Ce dernier, entendant la voix du prince, vit d'abord qu'il était impossible de lui cacher qu'il n'y eût quelqu'un dans la chambre de la princesse sa femme, et la grandeur de sa passion lui montrant en un moment que, si le duc de Guise était trouvé, Madame de Montpensier aurait la douleur de le voir tuer à[1] ses yeux et que la vie même de cette princesse ne serait pas en sûreté, il se résolut, par une générosité sans exemple, de s'exposer pour sauver une maîtresse ingrate et un rival aimé, et, pendant que le prince de Montpensier donnait mille coups à la porte, il vint au duc de Guise qui ne savait quelle résolution prendre et le mit entre les mains de cette femme de Madame

Note

1. **à** : sous.

de Montpensier qui l'avait fait entrer pour le faire ressortir par le même pont, pendant qu'il s'exposerait à la fureur du prince. À peine le duc était-il sorti par l'antichambre que le prince, ayant enfoncé la porte du passage, entra comme un homme possédé de fureur et qui cherchait des yeux sur qui la faire éclater. Mais, quand il ne vit que le comte de Chabannes et qu'il le vit appuyé sur la table, avec un visage où la tristesse était peinte, et comme immobile, il demeura immobile lui-même et la surprise de trouver dans la chambre de sa femme l'homme du monde qu'il aimait le mieux et qu'il aurait le moins cru y trouver le mit hors d'état de pouvoir parler.

La princesse était à demi évanouie sur les carreaux[1], et jamais peut-être la Fortune[2] n'a mis trois personnes en des états si violents.

Enfin, le prince de Montpensier, qui ne croyait pas voir ce qu'il voyait et qui voulait éclaircir ce chaos où il venait de tomber, adressant la parole au comte d'un ton qui faisait voir que l'amitié combattait encore pour lui : « Que vois-je, lui dit-il, est-ce une illusion ou une vérité ? Est-il possible qu'un homme que j'ai aimé si chèrement choisisse ma femme entre toutes les femmes du monde pour la séduire ? Et vous, Madame, dit-il à la princesse se tournant de son côté, n'était-ce point assez de m'ôter votre cœur et mon honneur sans m'ôter le seul homme qui me pourrait consoler de ces malheurs ? Répondez-moi l'un ou l'autre, leur dit-il, et éclaircissez-moi d'une aventure que je ne puis croire telle qu'elle me paraît. » La princesse n'était pas capable de répondre, et le comte de Chabannes ouvrit plusieurs fois la bouche sans pouvoir parler. « Je suis criminel à votre égard, lui dit-il enfin, et indigne de l'amitié que vous avez eue pour moi, mais ce n'est pas de la manière que vous pouvez vous l'imaginer : je suis plus mal-

Notes

1. **carreaux** : grands coussins carrés pour s'asseoir ou s'agenouiller.

2. **la Fortune** : allégorie du sort, du hasard.

heureux que vous, s'il se peut, et plus désespéré; je ne saurais vous en dire davantage; ma mort vous vengera, et si vous me la voulez donner tout à l'heure[1], vous me donnerez la seule chose qui peut m'être agréable. »

Ces paroles prononcées avec une douleur mortelle et avec un air qui marquait son innocence, au lieu d'éclaircir le prince de Montpensier, lui persuadaient encore plus qu'il y avait quelque mystère dans cette aventure qu'il ne pouvait démêler, et son désespoir s'augmentant par cette incertitude : « Ôtez-moi la vie vous-même, lui dit-il, ou tirez-moi du désespoir où vous me mettez : c'est la moindre chose que vous devez à l'amitié que j'ai eue pour vous, et à la modération qu'elle me fait encore garder, puisque tout autre que moi aurait déjà vengé sur votre vie un affront dont je ne puis quasi douter. – Les apparences sont bien fausses, interrompit le comte. – Ha, c'est trop, répliqua le prince de Montpensier, il faut que je me venge, puis je m'éclaircirai à loisir. » Et disant ces paroles, il s'approcha du comte de Chabannes avec l'action[2] d'un homme emporté de rage, et la princesse, craignant un malheur qui ne pouvait pourtant pas arriver, le prince son mari n'ayant point d'épée, se leva pour se mettre entre deux.

La faiblesse où elle était la fit succomber à cet effort et, en approchant de son mari, elle tomba évanouie à ses pieds. Le prince fut encore touché de la voir en cet état aussi bien que de la tranquillité où le comte était demeuré quand il s'était approché de lui et, ne pouvant plus soutenir la vue de ces deux personnes qui lui donnaient des mouvements si opposés, il tourna la tête de l'autre côté et se laissa tomber sur le lit de sa femme, accablé d'une douleur incroyable. Le comte de Chabannes, pénétré de repentir d'avoir abusé d'une[3] amitié dont il recevait tant de marques et ne trouvant pas qu'il pût

Notes

1. **tout à l'heure** : tout de suite.
2. **l'action** : la véhémence.
3. **abusé d'une** : trompé une.

jamais réparer ce qu'il venait de faire, sortit brusquement de la chambre et, passant par l'appartement du prince dont il trouva les portes ouvertes, descendit dans la cour, se fit donner des chevaux et s'en alla dans la campagne, guidé par son seul désespoir. Cependant, le prince de Montpensier, qui voyait que la princesse ne revenait point de son évanouissement, la laissa entre les mains de ses femmes et se retira dans sa chambre avec une douleur mortelle.

Le duc de Guise, qui était ainsi sorti brusquement du parc, sans savoir quasi ce qu'il faisait tant il était troublé, s'éloigna de Champigny de quelques lieues, mais il ne put s'éloigner davantage sans savoir des nouvelles de la princesse. Il s'arrêta dans une forêt et envoya son écuyer pour apprendre du comte de Chabannes ce qui était arrivé de cette terrible aventure.

L'écuyer ne trouva point le comte de Chabannes, et il sut seulement qu'on disait que la princesse était extrêmement malade. L'inquiétude du duc de Guise ne fut qu'augmentée par ce qu'il apprit de son écuyer; mais, sans la pouvoir soulager, il fut contraint de s'en retourner trouver ses oncles pour ne pas donner du soupçon par un plus long voyage.

L'écuyer du duc de Guise lui avait rapporté la vérité en lui disant que Madame de Montpensier était extrêmement malade. Car il était vrai que, sitôt que ses femmes l'eurent mise dans son lit, la fièvre lui prit si violente et avec des rêveries[1] si horribles que, dès le second jour, l'on craignit pour sa vie. Le prince son mari feignit d'être malade pour empêcher qu'on ne s'étonnât de ce qu'il n'entrait point dans sa chambre.

L'ordre qu'il reçut de s'en retourner à la Cour, où l'on rappelait tous les princes catholiques pour exterminer les Huguenots, le tira de l'embarras où il était. Il s'en alla à Paris, ne sachant ce qu'il avait à souhaiter ou à craindre du mal de la princesse sa femme. Il n'y fut pas sitôt arrivé qu'on commença

Note

1. **des rêveries** : un délire.

d'attaquer les Huguenots en la personne d'un de leurs chefs, l'amiral de Châtillon[1], et deux jours après l'on fit cet horrible massacre si renommé par toute l'Europe.

Le pauvre comte de Chabannes, qui s'était venu cacher dans l'extrémité de l'un des faubourgs de Paris pour s'abandonner à sa douleur, fut enveloppé dans la ruine des Huguenots. Les personnes chez qui il s'était retiré l'ayant reconnu et s'étant souvenues qu'on l'avait soupçonné d'être de ce parti le massacrèrent cette même nuit qui fut si funeste à tant de gens.

Le matin, le prince de Montpensier allant donner quelques ordres hors de la ville passa dans la même rue où était le corps de Chabannes. Il fut d'abord saisi d'étonnement à ce pitoyable spectacle. Ensuite, son amitié se réveillant lui donna de la douleur ; mais enfin le souvenir de l'offense qu'il croyait en avoir reçue lui donna de la joie, et il fut bien aise de se voir vengé par la fortune.

Le duc de Guise, occupé du désir de venger la mort de son père[2] et, peu après, joyeux de l'avoir vengée, laissa peu à peu s'éloigner de son âme le soin d'apprendre des nouvelles de la princesse de Montpensier, et trouvant la marquise de Noirmoutiers[3], personne de beaucoup d'esprit et de beauté et qui donnait plus d'espérance que cette princesse, il s'y attacha entièrement et l'aima avec cette passion démesurée qui lui dura jusqu'à la mort.

Cependant, après que la violence du mal de Madame de Montpensier fut venue au dernier point, il commença à diminuer. La raison lui revint, et, se trouvant soulagée par l'absence

Notes

1. Gaspard de Coligny est blessé dans une tentative d'assassinat le 22 août 1572. Il sera tué deux jours plus tard, lors de la Saint-Barthélemy.
2. François de Guise fut assassiné à Orléans en 1563 par un protestant.
3. Charlotte de Beaune (1551-1617) est, en 1572, l'épouse de Simon Fizes, baron de Sauve. Elle ne devient marquise de Noirmoutiers (orthographe ancienne pour *Noirmoutier*) qu'en 1584. Elle eut de nombreux amants, dont Henri de Navarre et Henri de Guise.

du prince son mari, elle donna quelque espérance de sa vie. Sa santé revenait avec grand-peine par le mauvais état de son esprit, qui fut travaillé[1] de nouveau, se souvenant de n'avoir eu aucunes nouvelles du duc de Guise pendant toute sa maladie. Elle s'enquit de[2] ses femmes si elles n'avaient point de lettres, et, ne trouvant rien de ce qu'elle eût souhaité, elle se trouva la plus malheureuse du monde d'avoir tout hasardé pour un homme qui l'abandonnait.

Ce lui fut encore un nouvel accablement d'apprendre la mort du comte de Chabannes, qu'elle sut bientôt par les soins du prince son mari.

L'ingratitude du duc de Guise lui fit sentir plus vivement la perte d'un homme dont elle connaissait si bien la fidélité. Tant de déplaisirs si pressants la remirent bientôt dans un état aussi dangereux que celui dont elle était sortie et, comme Madame de Noirmoutiers était une personne qui prenait autant de soin de faire éclater ses galanteries que les autres de les cacher, celles de Monsieur de Guise et d'elle étaient si publiques que, tout éloignée et malade qu'était la princesse de Montpensier, elle l'apprit de tant de côtés qu'elle n'en put douter.

Ce fut le coup mortel pour sa vie. Elle ne put résister à la douleur d'avoir perdu l'estime de son mari, le cœur de son amant et le plus parfait ami qui fut jamais. Elle mourut en peu de jours, dans la fleur de son âge[3], une des plus belles princesses du monde et qui aurait été la plus heureuse si la vertu et la prudence eussent conduit toutes ses actions.

Notes

1. **travaillé** : tourmenté.
2. **s'enquit de** : demanda à.
3. La date exacte de sa mort est inconnue.

Portfolio

LES TROIS ÉTAPES DE LECTURE D'UNE IMAGE FIXE

1. Je découvre

- De quel type d'image s'agit-il (tableau, photo, dessin, caricature, affiche...) ?
- Quelles sont mes premières impressions (émotions, perceptions, *a priori*...) ?

2. J'observe

- Qu'est-ce qui est représenté (au premier plan et au-delà) ?
- Qu'est-ce qui me semble important (sujet, composition, graphisme, couleurs, lumière, genre, symbolique...) ?

3. J'interprète

- L'image a-t-elle une fonction descriptive ou argumentative ?
- Que cherche à exprimer, à transmettre l'auteur par cette image ?

COMPOSITION DE L'IMAGE

1. Composition générale

- Cadrage : s'agit-il d'un plan large, d'un plan rapproché, d'un gros plan ?
- Construction des plans : premier plan, second plan, arrière-plan, profondeur, perspective.
- Point de vue adopté : frontal, en plongée, en contre-plongée ?

2. Axes et structure

- Lignes de force (en noir sur le document) : les intersections entre les lignes verticales et horizontales constituent les points forts de l'image, où sont souvent situés les motifs principaux ; ces lignes et ces points créent l'ossature de l'image et guident le regard.

- Lignes de fuite (exemples en gris sur le document) : lignes que suit le regard de l'observateur selon la perspective ; elles déterminent le point de fuite, qui peut se trouver à l'intérieur ou hors de l'image.
- Masses : comment s'organisent-elles (espace chargé ou aéré, équilibré ou déséquilibré...) ? quelle est la place des personnages ou des objets par rapport au décor ?

Photographie de l'affiche du film de Bertrand Tavernier

Document de couverture

Cliché utilisé pour l'affiche du film *La Princesse de Montpensier* de Bertrand Tavernier (2010). Photographie d'Étienne George. Document de couverture.

Étienne George est un assistant opérateur et photographe de plateau français réputé. Il a débuté comme photographe au théâtre, avant de se tourner vers le cinéma. Toutes les prises de vue du film que nous avons reproduites dans cet ouvrage ont été réalisées par lui.

Je découvre

La photographie qui figure sur la couverture de notre ouvrage est celle utilisée sur l'affiche du film sorti sur les écrans le 3 novembre 2010. Elle nous présente les cinq protagonistes principaux (de gauche à droite) : le comte François de Chabannes (Lambert Wilson) ; Philippe, prince de Montpensier (Grégoire Leprince-Ringuet) ; Marie, princesse de Montpensier (Mélanie Thierry) ; le duc Henri d'Anjou (Raphaël Personnaz) ; le duc Henri Ier de Guise (Gaspard Ulliel). Cette photographie attire l'œil par sa lumière et les tissus chatoyants aux couleurs vives et nous plonge dans les fastes de la Renaissance.

J'observe

- **Une disposition très travaillée**

La jeune femme se détache nettement par sa place centrale au premier plan et sa blondeur qui contraste avec les autres personnages bruns. Elle est la seule du groupe qui regarde le spectateur, unique femme parmi quatre hommes placés en arc de cercle autour d'elle, les yeux braqués sur elle.

- **La richesse des costumes**

Tous les protagonistes sont en riches costumes d'époque Renaissance, avec pourpoints, culotte bouffante, bijoux… Les quatre hommes portent l'épée, ce qui confirme leur noblesse annoncée par le titre. Le jeu des couleurs est très tranché : les deux hommes qui encadrent le groupe sont en noir, les deux du fond en couleurs plus vives (rouge et vert), et la princesse se détache avec sa robe d'un bleu profond. Les couleurs portées, ici, par les personnages masculins sont celles qui les caractériseront, la plupart du temps, dans le film (le noir pour Guise et Chabannes, le rouge pour Anjou, le vert pour Montpensier). Le duc d'Anjou, futur roi de France, est particulièrement mis en valeur par la richesse de son costume et de ses bijoux.

➠ J'interprète

• *« Une biche au temps du brame »*

La disposition des personnages rend compte de l'enjeu du film comme de la nouvelle : une femme livrée aux désirs de quatre hommes telle une proie, *« comme une biche au temps du brame »*, selon les mots du duc de Guise lors de leur dernière entrevue. Le regard appuyé des hommes, leur tête inclinée vers la princesse suggèrent la force du sentiment qui les attire vers elle ; la position des trois jeunes gens, épaule contre épaule, ainsi que la garde de leur épée bien visible évoquent une rivalité de prédateurs qui va s'exercer aussi bien sur le champ de bataille que sur le terrain de l'amour. Le costume qu'ils portent est, d'ailleurs, celui de la scène du duel au Louvre, moment de confrontation le plus violent entre les trois hommes.

• **Un jeu complexe de relations**

La place des personnages révèle la complexité des relations qu'ils entretiennent. On peut remarquer, d'abord, que la princesse, placée de trois quart, délimite deux groupes : ceux qui sont devant elle – Chabannes et le prince – pourraient représenter le sentiment vrai et profond, tandis que ceux à qui elle tourne le dos sont poussés davantage par le désir, une passion secrète et interdite, un sentiment puissant mais éphémère.

Le personnage de Chabannes semble, cependant, un peu à part, d'abord par son âge, mais également par son attitude : si son visage et son regard sont aimantés, eux aussi, par la princesse, son corps s'en détourne, révélant ainsi sa lutte intérieure. Sa place et la couleur noire de son costume l'opposent frontalement au duc de Guise, comme si la vérité de la princesse se jouait entre les deux, tandis que le prince paraît bien en retrait, effacé à la fois derrière Chabannes et son épouse.

Enfin, la jeune femme ne regarde aucun de ses « prétendants », comme si elle voulait échapper à ce cercle de prédateurs qui l'étouffent et trouver sa propre voie. On peut, toutefois, remarquer que celui dont elle est le plus proche, à qui elle fait quasiment face, c'est Chabannes, comme s'il était, pour elle, une sorte de miroir, de double dans son désir de vérité et de liberté.

Leçon du comte de Chabannes à Marie de Montpensier

Document 1

Photographie prise par Étienne George sur le tournage de *La Princesse de Montpensier* de Bertrand Tavernier (2010). Avec Lambert Wilson dans le rôle du comte de Chabannes et Mélanie Thierry dans celui de Marie de Montpensier. Document 1 au verso de la couverture.

Les décors ont été réalisés par Guy-Claude François, qui avait déjà travaillé avec Bertrand Tavernier sur des films historiques comme *La vie et rien d'autre, La Passion Béatrice, Capitaine Conan*. Plutôt que de reconstituer ces décors en studio, il a préféré utiliser des lieux existants qui ont une « âme », en y apportant des modifications dans le mobilier, les tentures, la couleur des murs... Le film a été tourné essentiellement au château de Messilhac dans le Cantal (Mont-sur-Brac dans le film), au Plessis-Bourré (château de Mézières dans le film), au château de Blois, au palais Jacques-Cœur à Bourges et à l'abbaye de Noirlac.

➡ Je découvre

• Situation de la scène

Cette scène se situe dans la première partie du film, lors du long séjour de Marie de Montpensier à Mont-sur-Brac, confiée par son mari au comte de Chabannes pour qu'il l'instruise. Bertrand Tavernier a choisi de développer ces deux années qui ne sont que survolées par Madame de Lafayette dans sa nouvelle et de filmer plusieurs scènes entre le maître et l'élève.

• Une scène de la vie quotidienne

Nous ne sommes pas dans une salle d'apparat du château, mais dans la salle d'étude, pièce sombre, sans ornements ni tentures. Le comte de Chabannes est en costume très simple, en chemise de toile épaisse, sans pourpoint. Même la robe de la princesse et sa coiffure sont assez sobres.

➡ J'observe

• Le domaine du comte de Chabannes

Cette salle d'étude constitue le domaine de Chabannes, personnage humaniste, savant, curieux de tout, qui, pour Bertrand Tavernier, fait penser *« aux figures*

humanistes que l'on trouve chez Rabelais ou Agrippa d'Aubigné – à ces professeurs qui sont à la fois des guerriers, des mathématiciens et des philosophes. Les adversaires de l'intolérance » (dossier de presse, StudioCanal).
Cette pièce austère et simple comme lui, sans décorum, est consacrée au savoir, comme le montrent les livres et les planches de botanique qui couvrent la table. Ici, il semble pouvoir être pleinement lui-même et quitter son rang nobiliaire inférieur, pour prendre une position dominante par rapport à la princesse : celle du professeur ou du père.

- **Le jeu des éclairages**

Le directeur de la photographie, Bruno de Keyser, explique qu'il a « *choisi de privilégier les comédiens, les privilégier par rapport aux décors afin de mieux capter l'émotion qu'ils véhiculent, trouver la lumière intérieure. L'émotion passe par le regard des acteurs. Il est primordial qu'on puisse toujours capter cette lueur dans leurs yeux, même quand les scènes se déroulent en pleine pénombre* » (dossier de presse, StudioCanal). Ce choix est particulièrement sensible ici où Marie se détache en pleine lumière sur le fond très sombre avec sa robe dorée, alors que Chabannes reste dans l'ombre.

➡ J'interprète

Ce jeu d'éclairages suggère l'enjeu profond de cette scène de séduction : si le comte de Chabannes se place bien dans son rôle de maître, sur son terrain privilégié du savoir, le spectateur sent qu'autre chose se joue ici. Le visage lumineux de Marie semble irradier cette clarté autour d'elle et aimanter littéralement le regard de Chabannes penché sur elle. Le contraste de lumière fait ressortir sa jeunesse et sa beauté, autant de pièges pour le comte qui reste dans l'ombre de sa passion secrète. Le sourire espiègle de la jeune femme révèle l'attitude parfois ambiguë, un peu provocatrice, que l'élève peut avoir avec son maître.

Réception des ducs d'Anjou et de Guise à Mont-sur-Brac

Document 2

Photographie prise par Étienne George sur le tournage de *La Princesse de Montpensier* de Bertrand Tavernier (2010). Avec, de gauche à droite, Lambert Wilson, Mélanie Thierry, Raphaël Personnaz, Grégoire Leprince-Ringuet, Gaspard Ulliel, Anatole de Bodinat, Éric Rulliat, Samuel Theis. Document 2 au verso de la couverture.

Sur le tournage de *La Princesse de Montpensier*, le directeur de la photographie était Bruno de Keyzer. Il s'agit d'un fidèle collaborateur de Bertrand Tavernier (*Un dimanche à la campagne, Autour de minuit, La vie et rien d'autre, Dans la brume électrique*...).
Les costumes ont été dessinés par Caroline de Vivaise, qui a été récompensée d'un César pour ce film. Elle en a confectionné de très beaux, dans des matières chatoyantes, mais sans se baser sur l'outrance que l'on voit souvent dans les portraits de l'époque (en particulier, les fraises qui deviendront de plus en plus démesurées), où les personnes se faisaient représenter en costumes d'apparat.

Je découvre

Cette photographie correspond au dîner où le prince et la princesse reçoivent le duc d'Anjou et sa suite, ainsi que le duc de Guise à Mont-sur-Brac, après la rencontre fortuite sur la rivière. Cette scène n'est pas décrite en tant que telle par Madame de Lafayette, qui écrit simplement : « *Madame de Montpensier fit les honneurs de chez elle avec le même agrément qu'elle faisait toutes choses.* » C'est l'occasion, pour Bertrand Tavernier, de montrer réunis, pour la première fois, les quatre hommes amoureux de Marie de Montpensier.

J'observe

• Une « scène de genre »

Bertrand Tavernier souhaite faire entrer le spectateur de plain-pied dans le XVIe siècle : il est donc très attaché à nous en montrer le quotidien dans tous ses détails, comme son scénographe et décorateur Guy-Claude François pour qui « *le cinéma, ce n'est pas l'Histoire, c'est une histoire inscrite dans son propre temps, sa propre psychologie et, surtout, bien exprimée par sa quotidienneté* ». Ici, il s'agit d'une scène de repas, qui nous fait voir la vaisselle, les plats, la façon

de manger avec les mains et simplement un couteau – sauf le duc d'Anjou qui fut l'un des premiers, en France, à se servir d'une fourchette (détail historique). Il n'y a qu'un ou deux verres sur la table, que les convives se passent et qui sont remplis régulièrement par des domestiques.
Bruno de Keyser respecte, ici, les sources de lumière naturelle, la fenêtre placée à gauche et les bougies. « *En éclairant d'une façon plutôt expressionniste,* dit-il, *j'ai découvert que cette diffusion naturelle estompait les contrastes et fondait harmonieusement les couleurs, retrouvant sans l'avoir cherché, le "sfumato" (manière de voiler les contours par une sorte de fumée, de brume légère) des peintres de la Renaissance* » (dossier de presse, StudioCanal). On peut observer le travail sur les costumes, qui sont assez sobres, puisque les personnages sont en tenue de voyage, et qui forment une très belle harmonie en demi-teintes dans les ocres, bruns et verts foncés.

• **La place des personnages**

Les places à table sont très hiérarchisées : le prince de Montpensier tient le « haut bout » de la table, avec, à sa droite, le duc d'Anjou et, à sa gauche, le duc de Guise. La princesse est au centre, encore une fois très éclairée. La caméra est placée au « bas bout », où se tiennent les personnages de moindre noblesse, comme Chabannes et les jeunes nobles de la suite du duc d'Anjou (Joyeuse, Quélus et La Valette).

➥ J'interprète

Cette scène est un moment de confrontation. La place des personnages traduit la tension qui existe entre eux et qui se manifestera juste après, lors de la crise de jalousie du prince envers sa femme. Mais, ici, tout est encore policé. Comme sur l'affiche, Marie de Montpensier se situe au centre d'une cour d'hommes, le visage tourné, cette fois, vers Guise. Celui-ci fait face à son nouveau rival, le duc d'Anjou, séparé de lui par le prince de Montpensier : les trois jeunes gens se trouvent donc au coude à coude, remplis de défiance réciproque.
Le comte de Chabannes est isolé par son âge, au milieu de ces jeunes gens, et par son passé de protestant, au milieu de ces fervents catholiques. Il est opposé en diagonale au duc de Guise, son adversaire sur le plan religieux, qui le provoquera d'ailleurs par ses questions pendant le repas. S'il est placé à côté de Marie, celle-ci se détourne de lui, attirée par Guise.
Le prince, quant à lui, par sa position en bout de table, peut surprendre tous les jeux de regards, ce qui ne manquera pas d'attiser sa jalousie.
Bertrand Tavernier a donc su, par cette scène, suggérer les conflits latents qui éclateront bientôt avec violence entre les protagonistes.

Dans la même collection :

Anthologie et collectif
- Fables et autres apologues (12)
- Le biographique (24)
- Nouvelles naturalistes des *Soirées de Médan* [Zola, Maupassant, Huysmans] (40)

APOLLINAIRE
- Alcools (60)

BALZAC
- La Peau de chagrin (26)
- Le Père Goriot (56)

BARBUSSE
- Le Feu – Bac pro (66)

BAUDELAIRE
- Les Fleurs du Mal (10)

BEAUMARCHAIS
- Le Barbier de Séville (17)
- Le Mariage de Figaro (5)

CHATEAUBRIAND
- Atala – René (42)

CORNEILLE
- Le Cid (36)
- L'Illusion comique (19)

DETAMBEL
- Des gens heureux – Bac pro (65)

DUMAS
- Les Mille et Un Fantômes (32)

ECHENOZ
- 14 – Bac pro (67)
- 14 (69)

FLAUBERT
- Madame Bovary (52)
- Trois Contes (20)

GAUTIER
- Contes et Récit fantastiques (43)

HUGO
- Claude Gueux (38)
- Pauca meæ (Livre IV des *Contemplations*) (73)
- Le Dernier Jour d'un condamné (31)
- Le Dernier Jour d'un condamné – Bac pro (62)
- Hernani (44)
- Les Misérables (28)
- Ruy Blas (6)

JARRY
- Ubu Roi (45)

LA BRUYÈRE
- Les Caractères (29)

LACLOS
- Les Liaisons dangereuses (51)

LAFAYETTE (MME DE)
- La Princesse de Clèves (49)
- La Princesse de Montpensier (74)

LA FONTAINE
- Fables (livres VII à IX) (76)

MARIVAUX
- La Colonie – Bac pro (68)
- La Double Inconstance (46)
- L'Île des esclaves (13)

Le Jeu de l'amour
et du hasard (16)

MAUPASSANT

Bel-Ami (47)

Boule de suif – Mademoiselle
Fifi – Bac pro (72)

Contes parisiens, normands
et fantastiques (34)

Pierre et Jean (11)

Une vie (53)

MOLIÈRE

Dom Juan (2)

L'École des femmes (64)

Les Femmes savantes (33)

Le Misanthrope (27)

Les Précieuses ridicules (30)

Le Tartuffe (4)

MONTAIGNE

Essais (22)

MONTESQUIEU

Lettres persanes (61)

MUSSET

Les Caprices
de Marianne (41)

Lorenzaccio (23)

On ne badine pas
avec l'amour (14)

OLMI

Numéro Six – Bac pro (70)

Abbé PRÉVOST

Manon Lescaut (58)

RABELAIS

Pantagruel – Gargantua (7)

RACINE

Andromaque (35)

Bérénice (15)

Britannicus (18)

Phèdre (8)

RADIGUET

Le Diable au corps (21)

RIMBAUD

Une saison en enfer
et autres poèmes (37)

Poésies (75)

ROSTAND

Cyrano de Bergerac (50)

ROUSSEAU

Les Confessions,
livres I à IV (3)

SAGAN

Bonjour tristesse
– Bac pro (71)

SHAKESPEARE

Hamlet (9)

STENDHAL

Le Rouge et le Noir (54)

VOLTAIRE

Candide ou l'Optimisme (1)

Candide ou l'Optimisme
– Bac pro (59)

L'Ingénu (39)

La Princesse de Babylone
– Micromégas (48)

Zadig ou la Destinée (25)

ZOLA

Celle qui m'aime
et autres nouvelles (57)

L'Assommoir (55)

Thérèse Raquin (63)

Retrouvez l'étude détaillée des deux œuvres au programme du BAC L dans votre **Objectif BAC 2019**

Achevé d'imprimer en Italie par Rotolito Spa
Depôt légal : Août 2018 - Edition 02
78/4702/4